KIRA

LE RÉVEIL DU KILAUEA

Dans la même collection

Les Fantômes d'Anvers (à paraître)

Dans nos autres collections

BRP *Le Réseau Helsinki*
SECTION MŒURS *Les Fleurs fanées* (à paraître)
MURAT *Manœuvres à La Paz* (à paraître)
BRP *Descente sur Brandebourg* (à paraître)
SECTION MŒURS *Les Écuyères du Malecon* (à paraître)
MURAT *Pour toute l'eau du Nil* (à paraître)

STEVEN BELLY

KIRA

LE RÉVEIL DU KILAUEA

10, rue de Penthièvre – Paris 8e
ISBN 978-2-364-01068-0

« Les partisans de la surveillance de masse disent qu'elle nous protège. Le problème, c'est que c'est une allégation, pas un fait, et qu'il n'y a aucune preuve qui le démontre. »

Edward SNOWDEN

« Un chef est un requin qui voyage par terre. »

Proverbe hawaïen

PROLOGUE

Un petit DHC-6 Twin Otter de la compagnie Hawaiian Airlines atterrit vers cinq heures du matin sur Kauai, la plus vieille des îles de l'archipel d'Hawaii. L'avion roula une poignée de minutes sur le tarmac, puis s'immobilisa dans un tremblement. Une passerelle se colla à la carlingue, puis la porte avant s'ouvrit. Kira quitta la première l'appareil, en compagnie de quelques touristes asiatiques qui s'étaient levés tôt pour faire l'aller et retour dans la journée, récupéra son seul bagage sur un tapis roulant hypnotique et suivit en bâillant les panneaux indiquant la sortie.

Ses premiers pas hors de l'aéroport de Lihue furent rythmés par la montée de la température à mesure de celle du soleil. Fatiguée par une nuit de voyage en provenance de Los Angeles et par le transit à Honolulu, Kira goûta l'atmosphère chaude et humide qui l'enveloppait, et décida sur un coup de tête de rejoindre la plage la plus proche afin de prendre un bain matinal.

D'après le plan récupéré dans le présentoir d'une agence de location de voitures, la plage d'Hanamaulu ne se trouvait qu'à quelques kilomètres au nord. Kira harnacha son gros sac à dos North Face et se mit en marche, sourire aux lèvres. Elle portait un tee-shirt imprimé à l'effigie de Miss Kittin, une DJ française, chantre de l'electroclash. Celui-ci, trop large, tombait sur un mini-short aux motifs camouflage de couleur grise. Elle ajusta des oreillettes intra-auriculaires, lança du bout de l'index une programmation musicale aléatoire sur son Smartphone et se mit en marche. Les premières notes aux sonorités épurées de *Crystalised*, du groupe anglais The XX, lui parurent coller parfaitement à son humeur et au décor qui l'environnait. Kauai, connue sous le nom de Garden Isle, l'île Jardin, ressemblait à un gigantesque bouquet posé sur le Pacifique. Une sorte d'éden terrestre aux couleurs infinies d'où s'exhalaient des senteurs inconnues d'elle jusqu'alors.

You've applied the pressure
To have me crystalised
And you've got the faith
That I could bring paradise

I'll forgive and forget
Before I'm paralysed

Do I have to keep up the pace
To keep you satisfied

Alors que les paroles de la chanson s'égrenaient, Kira songea qu'elle n'était jamais allée aussi loin. Ce bout de terre était l'un des territoires les plus isolés au monde, à 4000 kilomètres de la partie continentale des États-Unis, 6500 kilomètres de l'Asie et à 5000 kilomètres de Tahiti et des autres îles polynésiennes comme les Marquises. Même se rendre au Japon[1] s'était révélé une partie de plaisir à côté de ce périple. Mais peu importait, elle avait réussi à atteindre ce lieu qui la faisait rêver depuis qu'elle avait vu un documentaire sur la chaîne National Geographic. Kira réprima un frisson de satisfaction à cette pensée et se mit à chantonner :

Things have gotten closer to the sun
And I've done things in small doses
So don't think that I'm pushing you away
When you're the one that I've kept closest

En chemin, elle trouva un sentier qui s'ouvrait à travers une jungle en direction de la plage recherchée. Elle décida de l'emprunter pour s'éloigner de la route principale, la highway 56, qu'elle longeait depuis l'aéroport.

1. Lire *Piège de cendres sur Fukushima.*

Rapidement, elle découvrit que cet accès menait à un camp caché dans l'épaisse végétation, où la pauvreté se mélangeait aux paysages paradisiaques.

Des tentes étaient dressées entre les bananiers et des carcasses de voitures rouillées. Quelques enfants jouaient avec un ballon dégonflé et lui adressèrent des regards amusés. Des femmes les surveillaient en lavant leur linge dans des bassines en métal.

Kira grimaça. Avant son départ, une amie altermondialiste de Vancouver lui avait expliqué que le nombre de sans-abris avait explosé sur l'archipel depuis la crise financière de 2008. Et que les *homeless* s'étaient regroupés dans des bidonvilles sur les côtes désertées par le tourisme de masse.

« Hawaii, c'est les États-Unis en plus petit. Un enfer miniature ! », l'avait-elle prévenue. Jalouse sans aucun doute de voir Kira partir pour cette destination.

Soudain, des poules en liberté s'ébrouèrent et caquetèrent. Kira sursauta avant d'éclater de rire. Sur les plages, sur les routes, les volatiles étaient partout et semblaient avoir colonisé la moindre parcelle de l'archipel.

Durant le vol depuis Los Angeles, Kira avait lu dans un guide que le responsable de cette invasion était l'ouragan Iniki de 1992 qui avait dévasté de nombreuses fermes, laissant s'échapper des milliers de poulets. Elle s'amusa de la danse qu'un coq avait entamée autour d'elle sous le regard interloqué de son harem.

– Tu n'as aucune chance, lui lança-t-elle, l'air enjoué.

Le coq lui répondit par un caquètement. Elle lui adressa un clin d'œil, puis avança vers une brèche ouverte dans la luxuriance, sous le regard des lavandières aux allures misérables. Incarnation de la misère moderne, de ces laissés pour compte du libéralisme qui jonchaient le sol de la réussite... Depuis cette position, elle aperçut les franges azurées de sa destination, mais aucune piste ne semblait y conduire. La route était à tracer soi-même !

Une jeune femme, dormant nue sur un matelas à même la terre, l'interpella en anglais. Son accent et sa chevelure blonde laissaient deviner qu'elle n'était certainement pas du coin. *Une hippie, ou la fiancée d'un surfeur échoué*, songea Kira.

– *Don't stay here, you have to go*[2], expliqua-t-elle en souriant et en se mettant sur le dos, offrant à Kira toute son intimité.

– Il faut couper droit dans la jungle pour accéder à la plage d'Hanamaulu ? demanda-t-elle en reluquant la poitrine généreuse de la blonde.

– *You will fuck with me*[3] *?* répondit cette dernière en se caressant les tétons.

2. Ne reste pas ici, barre-toi.
3. Tu veux baiser ?

Kira déclina l'invitation d'un sourire.

– Pas tout de suite ! Plus tard, peut-être ! précisa-t-elle avant de poursuivre sa progression sous le regard de l'étrangère aux mœurs libres.

Kira arriva bientôt sur la grève désirée.

Le sable était beige.

L'eau n'était pas aussi claire qu'attendu, plus limoneuse que transparente. Loin des images du documentaire vu sur National Geographic... Mais d'une beauté sauvage, brute, qui appelait à la communion.

Kira retira ses tongs, marcha un moment dans le sable, puis dans l'eau qui lui sembla étonnamment froide. Elle trouva un peu d'ombre sous un arbre dans l'entrelacs de branches duquel était construite une cabane. Sous celle-ci, un filet de pêche tendu entre deux troncs offrait un hamac.

Elle posa son sac à dos et consulta une nouvelle fois son plan. Il indiquait que le départ du trail de la Na Pali coast était situé à plus de cinquante kilomètres de sa position, au nord de l'île.

Le fameux trek Kalalau était l'objet de sa venue. Il longeait la côte Na Pali sur environ seize kilomètres et aboutissait à une plage accessible uniquement par ce chemin. Toujours selon National Geographic, il s'agissait d'un des plus beaux endroits sur terre. L'un de ceux à voir avant sa mort.

Mais force était de constater qu'elle ne le

rejoindrait pas aujourd'hui. Kira se décida donc à dormir sur place. Mais avant de se reposer, son corps réclamait une baignade. Elle s'apprêtait à se déshabiller, quand son Smartphone vibra dans la poche arrière de son short. Elle s'en saisit et regarda l'écran, maudissant l'excellente couverture du réseau local qui ne lui offrait pas le répit tant espéré.

C'était Bolan.

Fais chier...

Elle hésita à répondre, puis finalement renonça, laissant les dernières vibrations secouer l'air moite. Elle éteignit le portable, le rangea dans son sac à dos et inspira profondément.

Une semaine de tranquillité, c'est trop demander ou quoi ?

Sur cette pensée, elle se dévêtit, offrant sa nudité à la douce clémence des éléments et courut en direction de l'océan. Elle entra dans l'eau rapidement, sauta par-dessus une vague ourlée d'écume et plongea.

Silence sous-marin.

Quiétude absolue.

Enfin.

Puis elle émergea, les cheveux plaqués sur son visage laiteux et se mit à nager. Ses muscles se détendirent. Son âme aussi. Elle resta dans l'eau une bonne heure, jouant avec les vagues, faisant la planche, sans se rendre compte du temps qui s'écoulait. Le soleil était haut dans le ciel quand elle sortit, un peu plus loin que l'endroit où elle s'était immergée. Là, de nombreux arbres morts jonchaient la grève. Certains s'étaient enfoncés dans le sable, d'autres étaient carrément tombés dans l'eau et seules quelques-unes de leurs branches dépassaient de la surface agitée.

Kira s'amusa à progresser au milieu de cet enchevêtrement végétal, y ramassa quelques coquillages et coraux morts. Quand tout à coup son regard fut accroché par une tache sombre à quelques mètres en amont de sa position.

Elle avança prudemment et découvrit un spectacle cauchemardesque, à mille lieux des atours séduisants qu'offraient ces parages idylliques. Sans réfléchir, elle se précipita et s'immobilisa au contact de cinq morceaux déposés sur la partie haute de la plage, à l'abri des vagues qui déferlaient sur le rivage.

– Nom de dieu, souffla-t-elle en portant sa main à son visage, tant l'odeur rabattue par la brise était insoutenable.

Elle scruta le cadavre en décomposition qui gisait à ses pieds et dont chaque membre avait été méticuleusement sectionné et aléatoirement mélangé.

Des macchabées, Kira en avait fréquenté quelques-uns. Et elle s'était plus ou moins habituée à leur vision. Autant qu'il était possible de s'accoutumer à la présence physique de la mort. Mais celui-ci lui retournait le cœur, et pas seulement à cause de l'odeur qu'il dégageait.

Non, ce cadavre la bouleversait parce qu'il appartenait à une préadolescente. Kira n'avait pas d'enfant et n'en désirait pas mais la vision de cette jeune martyre lui serra douloureusement le ventre... Jusqu'à la nausée. Jusqu'à vomir.

Kira se rinça la bouche à l'eau de mer. Elle n'était pas en opération, mais son instinct l'alertait. Dans un réflexe, elle s'empara d'une GoPro achetée spécialement pour ce voyage au duty free du LAX et mitrailla machinalement l'ignoble scène. Puis, elle rangea l'*action cam*. Et vomit une seconde fois.

– Mes vacances commencent bien, murmura-t-elle, bouleversée. Et nous ne sommes que samedi...

CHAPITRE PREMIER

Sifflée par Kira, la police locale avait rappliqué rapidement à la manière d'un chien bien dressé. Et ses plus dignes représentants s'agitaient désormais sur cette frange inhospitalière de la plage d'Hanamaulu. Sur laquelle la nuit s'était désormais abattue. Seuls les phares de deux véhicules de fonction, des Crown Victoria, éclairaient péniblement la zone où Kira avait fait sa macabre découverte.

– À quelle heure avez vous trouvé... ça ? interrogea un officier du Kauai Police Department après s'être vidé pour la deuxième fois sur le sable.

– Tenez, fit Kira en lui tendant un mouchoir en papier.

L'homme s'essuya la bouche avant de reprendre son interrogatoire sans la remercier.

– Quand avez-vous trouvé le corps ?

– Un peu avant de vous appeler, répondit Kira.

L'officier réfléchit un instant, puis consigna l'information sur la page d'un carnet à spirales.

Cette façon de faire apparut très anachronique à Kira. Une tablette numérique lui aurait semblé plus appropriée.

– Vers 17 heures, donc ?

– Ça doit être ça, confirma Kira, pensive.

– Que faites-vous à Kauai ?

– En vacances, souffla Kira. Je viens de débarquer.

– Papiers ?

Kira se pencha, fouilla dans une poche latérale du sac posé à ses pieds et en extirpa un passeport tout neuf. Celui qu'elle avait choisi, parmi la cinquantaine qu'elle maintenait à sa disposition en permanence, pour incarner l'archétype de la touriste en mal d'exotisme. Combien avait-elle endossé d'identités ? Elle n'en faisait pas le compte, mais la plupart des gens seraient devenus schizophrènes d'avoir incarné ne serait-ce qu'un quart des personnalités jouées par Kira pour le besoin de ses raids.

– Madame Sofia Stern, citoyenne canadienne ? décrypta l'officier, pris d'un nouvel assaut de nausée.

– Mademoiselle, précisa Kira. Vous devriez boire un peu d'eau avec du bicarbonate de sodium, conseilla-t-elle. Ou un jus de citron...

– Ça ira, merci, répliqua-t-il, l'air vexé d'être pris en flagrant délit de faiblesse. Reprenons, que faisiez-vous avant de découvrir le..., avant de trouver le corps ?

– Je nageais.

– Toute la journée ?

– Un long moment. Attendez, vous pensez que j'ai pu commettre une horreur pareille ? s'indigna Kira.

– C'est la procédure, opposa le policier.

– C'est n'importe quoi, surtout, balaya Kira dans un souffle d'agacement.

– Owen, ça avance de ton côté ? interrogea soudain une voix à la fois bienveillante et autoritaire.

– Je m'occupe du témoin, répondit l'officier.

– T'es livide, Owen.

– C'est Rita. Elle m'a préparé du crabe. J'ai du mal à le digérer...

– Je vais prendre le relais.

– OK, chef.

– Chef ? s'étonna Kira en découvrant un visage qu'elle estima à peine plus âgé que le sien.

– Lieutenant William Keala du CID, se présenta le nouveau venu en arrachant le passeport de Kira des mains de son subalterne. Va boire un peu d'eau, ajouta-t-il en tapotant l'épaule de ce dernier.

– CID ? grimaça Kira.

– *Criminal Investigation Division*, j'appartiens au HPD.

– La police d'Honulu... Vous avez fait vite ! s'étonna Kira.

– Je suis natif de Kauai. Je m'apprêtais à y passer quelques jours de vacances en famille, mais Kanaloa en a décidé autrement...

– Kanaloa ?

– Le dieu des océans. C'est lui qui est responsable de tout ça, expliqua William en ouvrant ses bras comme pour englober l'île entière.

– Eh bien, ce Kanaloa m'en veut très certainement aussi. Parce que j'étais venue me la couler douce, mais...

– Canadienne ? l'interrompit William, les yeux posés sur la photo d'identité de Kira.

– Personne n'est parfait, plaisanta-t-elle dans un rictus un peu forcé.

– C'est étrange, vous n'avez pas d'accent, nota William.

– Mon père est américain.

– Tout s'explique, synthétisa le lieutenant du CID avec dans la voix une intonation qui laissait entendre qu'il n'était pas convaincu de l'explication. C'est une sale affaire, poursuivit-il en rendant son passeport à Kira.

– Ignoble, se contenta de répondre celle-ci. Il faut coincer le monstre qui a fait ça...

Un goût de vengeance avait envahi la bouche de la justicière. Le naturel était en train de reprendre le dessus.

– Vous pensez qu'il s'agit d'un meurtre ?

– Quoi d'autre ?

– Un requin, formula calmement William, le regard tourné vers l'océan. Selon les statistiques, les squales tuent plus souvent que les hommes sur Kauai...

– Où sont les traces de morsures ? Les membres ne sont pas arrachés, mais tranchés nets ! C'est évident qu'on a affaire à un...

Kira s'interrompit. Elle s'était emportée, au risque de compromettre sa couverture. Une erreur due à la fatigue et à l'émotion suscitée par le massacre de cette enfant, qu'elle s'empressa de corriger.

– Vous êtes médecin ?

– Non.

– Quelle est votre profession, Madame Stern ?

– Mademoiselle, insista une nouvelle fois Kira.

– Je me permets d'insister. Quelle est votre profession ?

– Guide de haute montagne.

– Un métier dangereux, souffla le lieutenant.

– Rien n'est dangereux quand on est préparé à affronter le danger.

– Certes.

– Le corps de cette malheureuse va rester ici longtemps ? s'inquiéta Kira en regardant des policiers recouvrir les morceaux du cadavre d'une bâche grise.

– On n'est pas très bien équipés sur Kauai. Les légistes n'arriveront qu'avec le premier vol demain matin et je ne veux pas contaminer plus que de raison la scène de crime...

– Ah, vous vous rangez donc à mon avis ! exulta Kira. Les requins ne sont pour rien dans cette affaire !

– Les requins de l'océan, non. Les autres, allez savoir, répliqua l'officier d'un ton énigmatique.

– Pas besoin de légiste pour voir que la mort de cette gamine remonte à une dizaine d'heures, à hier tout au plus.

– Vous faites un bien curieux guide de montagne, s'amusa William.

– J'ai un cerveau. Ça vous surprend qu'une femme puisse réfléchir ?

– Pourquoi mettrais-je en doute votre intelligence ?

– Parce que vous regardez plus mes seins que vous ne m'écoutez.

– C'est cash !

– Je suis contre le crédit.

Le lieutenant du CID esquissa un sourire.

– Vous êtes descendue à quel hôtel ? demanda-t-il avec la volonté de faire retomber la pression d'un cran.

– Je n'ai rien réservé. Je comptais profiter de la nature et des étoiles, répondit Kira en levant la tête vers le ciel clair et constellé qui coiffait désormais l'île.

– Hum, ce n'est pas prudent. Je préfèrerais…

– Je ne risque pas de m'échapper, le coupa Kira.

– Je préférerais vous savoir à l'abri, poursuivit William.

Son ton paternaliste énerva un peu plus Kira qui croyait entendre Bolan.

– C'est gentil, mais je ne suis pas venue ici pour me retrouver enfermée.

– Je ne pensais pas à une prison mais à l'hôtel tenu par mon épouse, à Lihue.

– Votre épouse ? s'étonna Kira, qui n'avait pas un seul instant envisagé que cet homme à l'air si jeune puisse être marié.

– Venez, je vous emmène, intima calmement le lieutenant, ne laissant à Kira aucune possibilité de refus.

Elle ramassa son sac à dos, qui lui sembla un peu plus lourd qu'à son arrivée. *Les emmerdes ça pèse son poids*, songea-t-elle. Puis, elle emboîta le pas de William, contrainte et forcée.

– Vous saviez que cette plage a servi de décor à un film ? lui demanda-t-il sans se retourner.

– *La Taverne de l'Irlandais*, de John Ford, avec John Wayne, répondit Kira.

Elle ne précisa pas que c'était l'un des films préférés de Bolan. Et que ce dernier lui avait quasiment imposé de le regarder, sous prétexte qu'il s'agissait d'un chef d'œuvre. Kira n'avait pas osé le contredire. Les classiques, ce n'étaient pas sa came. Elle préférait les films d'horreur et de science-fiction.

Kira jeta son sac dans le coffre de l'une des deux Ford Crown Victoria, puis s'installa sur le siège passager usé, qui grinça sous son poids. William démarra sans un mot. Les faisceaux des phares fendirent les ténèbres. Le véhicule s'engagea sur un sentier cahoteux. Dans l'habitacle climatisé, pas un mot ne perturbait le ronronnement du vieux moteur, qu'à Honolulu on avait commencé à remplacer par des versions hybrides.

William se concentrait sur sa conduite.

Kira, fatiguée, se repassait en boucle les horribles images du corps démembré.

Parvenu sur le bitume de la highway 54, l'officier du CID finit par sortir de son silence :

– Hawaii arrive en quarantième place dans le classement des États américains par nombre de meurtres annuel. Et les villes de Kauai sont les plus sûres de l'archipel... Je ne comprends pas comment un tel drame a pu se produire ici...

– Les temps changent, se contenta de répondre Kira.

CHAPITRE II

Assise dans un transat, Kira, en paréo, pianotait sur le clavier rétro-éclairé d'un MacBook Air. Le vent, en provenance de l'océan qui lui faisait face, s'était levé et balayait son visage laiteux d'un souffle rafraîchissant tout en déshabillant sa poitrine.

Le débit du réseau wi-fi laissait à désirer et Kira pestait à intervalles réguliers contre la lenteur du téléchargement des pages qu'elle consultait sur le Net. En l'occurrence des articles concernant les dernières frasques du nouveau président américain, acculé par une enquête sur ses éventuels liens avec la Russie.

Les soupçons de collusion entre Moscou et sa campagne électorale s'épaississaient. Chaque semaine ou presque, un nouveau scandale éclatait. Kira n'aimait guère le nouveau locataire de la Maison-Blanche. Et elle attendait, comme des millions de citoyens américains, le jour de sa chute.

L'épouse de William l'avait accueillie avec

beaucoup de gentillesse et l'avait installée dans la dernière chambre disponible du charmant boutique hôtel qu'elle dirigeait à Lihue, siège du comté de Kauai et petite ville d'environ cinq mille habitants. Un établissement au charme légèrement suranné, pour ne pas dire fané, à mille lieues des luxueux resorts qui bordaient les plus belles plages de l'île. Mais qui avait le mérite d'être érigé directement face au Pacifique, dont seule une route le séparait.

La chambre était spacieuse, dotée d'un lit king size démesuré, d'une kitchenette et surtout d'un balcon que Kira avait tout de suite adopté.

Lassée de la lenteur du débit, elle s'empara de sa GoPro, posée sur le sol, en délogea la carte micro SD qu'elle inséra dans un adaptateur avant de la connecter au port de son ordinateur. Elle téléchargea les photos prises à Hanamaulu, qui bientôt s'affichèrent à l'écran.

La jeune femme grimaça, mais rassembla toute son énergie pour ne pas se laisser déborder par l'émotion. Elle se concentra, comme en situation de combat. Ses yeux scannèrent le moindre pixel des insoutenables clichés.

Elle zoomait parfois sur une zone afin de s'assurer qu'elle ne laissait passer aucun indice. Et de temps à autre, elle détournait le regard, se ménageant des pauses afin de ne pas se laisser happer par l'horreur, de ne pas dévier de son objectif.

Kira ne parvenait cependant pas à faire taire toutes les questions qui germaient en elle.

Pourquoi ne parvenait-elle pas à passer outre cet épisode dramatique ? Pourquoi avait-elle pris ses photos ? Pourquoi se sentait-elle aussi concernée ? Aucune réponse ne la satisfaisait.

Sa seule certitude était qu'un premier domino venait de tomber, poussé par une main aussi invisible que monstrueuse. Et cette première pièce en avait entraîné une autre, puis une autre...

Plus rien désormais ne pouvait empêcher la chute de l'ensemble du circuit. Plus rien désormais ne pouvait empêcher Kira de découvrir qui avait fait ça.

Un martèlement la fit légèrement sursauter. Elle referma son ordinateur, se leva d'un bond et se dirigea vers la porte de la chambre, qu'elle ouvrit sans plus de précaution.

– Je vous dérange ? demanda William dont la silhouette élancée venait d'apparaître dans l'encadrement.

– J'allais m'endormir, mentit Kira.

– Désolé.

– Ce n'est pas grave.

– Vous êtes bien installée ?

– C'est parfait. Votre femme est adorable.

– C'est pour cela qu'elle est ma femme, sourit William.

– Vous avez l'air préoccupé.

Le visage du lieutenant affichait en effet une légère pâleur et son regard semblait absent. À ce point absent qu'il ne se préoccupait même pas de la poitrine de Kira débordant du paréo qu'elle n'avait pas pris le temps d'ajuster.

– Owen vient de m'appeler. Le cadavre de la fillette a disparu...

– Comment ça, disparu ?

– Owen est resté pour sécuriser le périmètre. Il devait assurer le premier quart. Peu de temps après notre départ, il s'est absenté pour pisser. Quand il est revenu, il ne s'est pas tout de suite rendu compte de l'absence du cadavre... C'est une rafale de vent qui, en emmenant la bâche, lui a révélé qu'il n'y avait plus rien dessous.

– C'est dingue ! s'exclama Kira. Et il n'a rien vu ? Rien entendu ?

– Owen affirme que non.

– Ce mec ne m'a pas fait une bonne impression, mais je ne l'imaginais pas assez stupide pour laisser un cadavre sans surveillance, soupira Kira en s'apercevant que le paréo ne recouvrait plus du tout ses seins.

Elle les couvrit, sans gêne et avec naturel. Ses cheveux bruns, coupés court, frémirent sous un courant d'air. Ses yeux, bleu électrique, luirent sous le crépitement d'un néon sur lequel venaient griller des moustiques.

– Nous sommes sur une île de 1 446 km^2, souffla William comme pour se rassurer, un cadavre ne peut pas disparaître comme ça. Mais je vous ai assez dérangé, s'excusa-t-il en faisant mine de s'éloigner dans le couloir.

– Will, pourquoi êtes-vous venu me dire tout ça ? interrogea Kira, après quelques secondes de réflexion et avec une familiarité qui s'était soudainement imposée à elle.

– Je ne sais pas, répondit le lieutenant sans se retourner. Vous me semblez plus maligne que ne le laisse penser la photo de votre passeport...

CHAPITRE III

Kira se réveilla en sursaut, perdue au milieu de l'immense matelas. Son corps musclé ruisselait de sueur. Et cette sueur faisait pleurer ses tatouages.

Son sommeil avait visiblement été agité, à voir l'état des draps chiffonnés et jetés sur le sol. Elle essaya de se souvenir de son cauchemar, en vain.

Elle décida donc de se lever sans plus attendre et se dirigea nue vers la salle de bain, où elle prit une longue douche. Sous le flux dynamisant de l'eau pulsée par un pommeau d'une autre époque, elle se demanda pourquoi s'agitait toujours en elle l'âme torturée d'une redresseuse de tort.

Déjà dans cet orphelinat roumain où elle avait grandi, Kira se souvenait avoir pris la défense des battus, des plus faibles... Et s'être attiré les foudres de ceux qui prétendaient prendre soin des enfants abandonnés.

Mais aucun châtiment n'avait jamais pu faire taire cette révolte qui bouillonnait en elle. Au contraire. Chaque coup de martinet, chaque gifle, chaque confinement dans une cave obscure, chaque viol, n'avait fait que renforcer cette conviction profonde : œil pour œil, dent pour dent. Le mal ne pouvait être combattu que par le mal.

Rafraîchie, elle enfila un short et un tee-shirt à même la peau, puis quitta la chambre, guidée par une odeur de pancakes et de café.

Kira trouva sans mal la salle où était servi le breakfast. La femme de William était en train de s'occuper d'un couple de personnes âgées. Elle lui adressa un sourire et d'un petit signe de la main lui indiqua une place libre près de la baie vitrée. Kira s'y installa et contempla la vue. On ne voyait pas l'océan depuis le rez-de-chaussée de l'hôtel, mais la route et une petite dune recouverte d'herbes folles qui surmontait un muret de pierres volcaniques. Kira n'attendit pas longtemps. Une assiette garnie de trois pancakes lui apparut comme dans un rêve.

– C'est fait maison, précisa la femme de William, une trentenaire longiligne aux traits asiatiques. Pas avec des sachets !

– Ça a l'air divin, la félicita Kira.

– Vous comptez rester combien de temps sur Kauai ?

– Une bonne semaine, répondit Kira en entamant la première crêpe épaisse.

– Vous pouvez rester ici si vous le souhaitez, proposa la propriétaire de l'hôtel. Je vous ferai un bon prix.

– C'est gentil, remercia Kira, la bouche pleine.

Elle s'aperçut qu'elle ne connaissait pas le prénom de son interlocutrice. Elle était arrivée tardivement dans la nuit et William n'avait pas pris le temps de les présenter.

– Chiyo, anticipa son interlocutrice comme si elle avait pénétré ses pensées.

– Le parfum de la terre, murmura Kira, traduisant à voix haute.

– Vous parlez japonais ?

– J'ai passé un peu de temps là-bas[4]. Moi, c'est Sofia, se présenta Kira à son tour.

Elle n'aimait pas ces fausses identités dont elle s'affublait. Surtout quand elle en usait avec des gens bien. « À force d'être tout le monde, tu finiras par n'être plus personne », lui avait un jour dit Bolan. « Et n'être personne, c'est idéal pour rester en vie », s'était-il empressé d'ajouter. Si, à l'époque, il l'avait convaincue, cette définition de l'existence ne lui convenait plus vraiment aujourd'hui. Peut-être un signe de vieillissement...

– Vous avez l'air pensive ? interrogea Chiyo.

– Oui, pardonnez-moi, je n'avais pas envisagé de démarrer mes vacances de cette façon.

4. Voir *Piège de cendres sur Fukushima.*

– William m'a raconté, soupira Chiyo. Quelle horreur... Pauvre gamine...

– Je vais essayer de repartir de zéro, souffla Kira en esquissant un sourire forcé.

– Pour ça rien de tel qu'une balade sur la côte Na Pali, sur le littoral nord-ouest, conseilla Chiyo, soudain transformée en tour-opérateur. La majeure partie du site est inaccessible en raison des falaises escarpées et des précipices qui tombent directement dans l'océan. Mais je connais quelques accès vers des plages isolées...

– C'est pour ce genre de randonnée que je suis venue ici, l'interrompit Kira.

– Besoin de solitude ?

– Besoin d'être seule, corrigea Kira.

– Je peux comprendre, acquiesça Chiyo en servant du café.

– Vous êtes ici depuis longtemps ?

– Je suis née sur Kauai. Mes parents se sont installés ici dans les années 1990. Ils sont partis d'Osaka parce qu'ils avaient besoin de... solitude !

Kira s'amusa de cette explication et contempla son assiette vide, étonnée d'avoir dévoré la pile de pancakes en si peu de temps.

– Je vous ressers ? proposa Chiyo.

– Ce ne serait pas raisonnable.

– Je reformule ma question. Avez-vous envie d'autres pancakes ?

– Oui, finit par avouer Kira.

– Je vous rapporte ça.

Kira observa Chiyo s'éloigner. Elle avait une démarche très fluide, presque féline. Sa longue et fine silhouette semblait ne rencontrer aucune résistance. Et l'air paraissait s'ouvrir devant elle, comme la mer Rouge devant Moïse.

Les derniers clients avaient quitté la salle du petit-déjeuner. Une musique de fond, répandue par deux haut-parleurs accrochés au mur, assurait l'ambiance en sourdine et empêchait Kira de se sentir coupable de traîner encore à cette heure avancée de la matinée.

Elle s'étira en bâillant sans retenue. Puis son regard coula vers l'extérieur. Quelques voitures formaient un semblant de circulation, tandis que, sur les trottoirs défoncés qui longeaient la route, des touristes équipés de matériel de plage et vêtus de chemises bariolées suivaient la direction de l'océan.

Kira s'imagina un instant une bouée sous le bras, insouciante et heureuse de l'être. Ses pensées s'échappèrent dans un monde qui lui était inconnu. Un monde sans violence. Sans conscience même de cette violence qui régit le monde. Un monde d'innocence. Un monde définitivement perdu pour Kira...

C'est Chiyo qui la ramena à la réalité, avec délicatesse, dans une fragrance de pâte cuite et dorée.

Kira la regarda poser une nouvelle assiette de pancakes devant elle.

– Spécialement pour vous, annonça la parfaite hôtesse. Avec du bacon et des bananes, cette fois-ci ! À la néo-zélandaise...

CHAPITRE IV

Les portes automatiques de l'aéroport d'Honolulu s'ouvrirent sur une silhouette masculine en mouvement, tirant derrière elle une valise noire à roulettes.

L'homme marchait d'un pas rapide, malgré une fatigue apparente qui creusait son visage émacié. L'air chaud d'Hawaii le percuta de plein fouet. Son regard, brouillé par la sueur qui perla soudain de ses sourcils, fouilla les rangées de bus et de taxis qui chargeaient des hordes de touristes.

Il accrocha un SUV noir aux vitres teintées garé en double file et se dirigea vers celui-ci, comme attiré par un puissant aimant. Parvenu à la hauteur du véhicule, il chargea son bagage dans le coffre ouvert et monta à l'arrière.

Il goûta la fraîcheur de l'air climatisé de l'habitacle dans un soupir de soulagement et s'enfonça dans le fauteuil en cuir qui grinça sous son poids.

– Avez-vous fait bon voyage, monsieur ? lui

demanda une femme assise à ses côtés.

– Quelques turbulences, se contenta de répondre l'homme. Rien de bien méchant, mais je déteste quand l'avion bouge...

– Ici, nous sommes dans l'œil du cyclone.

– Qu'est-ce qu'il a fait ? interrogea l'homme en consultant machinalement son Smartphone à l'écran surdimensionné.

– Il a cédé une fois de plus à ses mauvais penchants, répondit son interlocutrice, l'air très ennuyé.

– Comment a-t-il pu échapper à votre surveillance ?

– Depuis plus d'un mois, il se tenait tranquille. J'ai pensé que...

– On ne vous demande pas de réfléchir, l'interrompit sèchement son interlocuteur.

Le conducteur du SUV, un local au physique puissant, démarra sur ces mots. Le véhicule quitta rapidement l'aéroport et emprunta une autoroute en direction de la capitale de l'État d'Hawaii.

– Mais d'obéir, poursuivit l'homme. Il est extrêmement important que notre « ami » se tienne tranquille. Ce n'est pas le moment de faire des vagues. Êtes-vous consciente que la Maison-Blanche a un nouveau locataire ?

– J'en suis consciente, monsieur.

– Mesurez-vous ce que cela implique ?

– Je le mesure, monsieur.

– Où est-il ?

Un silence gêné envahit l'habitacle.

– Ne me dites pas qu'il a disparu !

L'homme s'emporta et frappa du plat de la main l'appui-tête du siège passager face à lui.

– Nous avons perdu sa trace, mais ce n'est qu'une question d'heures avant qu'on le retrouve, assura son interlocutrice.

L'homme posa à nouveau son regard sur l'écran scintillant de son téléphone portable. Il lut un message qu'il venait de recevoir et y répondit avant de reprendre :

– Je le veux en face de moi dans six heures ! intima-t-il. Compris ?

La femme acquiesça de la tête. Son visage crispé trahissait son embarras.

– Qui se charge de nettoyer ce merdier ? interrogea celui qui était manifestement son supérieur hiérarchique.

– L'équipe Alpha.

– Parfait, il y a au moins quelques pros sur le coup, se félicita l'homme, regardant avec satisfaction le paysage urbain qui commençait à se dessiner au-delà de la vitre. *Une espèce de Los Angeles sur mer*, songea-t-il.

– Monsieur, nous avons un autre problème, s'excusa son interlocutrice.

Elle avait hésité à aborder ce nouveau sujet,

mais elle avait rapidement conclu qu'il valait mieux essuyer une seule tempête plutôt que deux séismes.

– Quel type de problème ?

Elle tendit son Smartphone, écran tourné vers son supérieur.

– Ça vient d'où ? demanda ce dernier en scrutant la photo présentée.

– De l'un de nos hommes sur place.

– Qui est-ce ?

– Un témoin.

– Mais encore ?

– D'après nos analystes, une fille apparentée à Mack Bolan.

CHAPITRE V

William était penché sur le clavier d'un ordinateur hors d'âge lorsque Chiyo poussa la porte de leur chambre, au dernier étage de l'hôtel. L'appartement que s'était réservé le couple se composait de trois pièces minuscules, et Chiyo s'était aménagé un coin comptabilité dans la chambre sous les toits.

Sur la coiffeuse reconvertie en bureau, des coquillages géants pleins de bijoux voisinaient avec des formulaires et relevés comptables et des produits de maquillage. William aimait cette chambre, car elle était exactement à l'image de sa femme, à la fois efficace et fleur bleue. Le couvre-lit en patchwork, les poupées japonaises composaient un univers hétéroclite et très humain, à mille lieues des images de décoration stéréotypée. Et elle avait réussi à donner cette tonalité à l'ensemble de l'hôtel, ce qui en faisait un établissement très bien coté sur les différents sites d'hébergement en ligne.

– Tu n'allumes pas ? demanda Chiyo en éclairant la pièce machinalement.

La jeune femme était épuisée par sa journée, et elle s'assit au bord du lit en s'étirant, sans attendre la réponse de William.

Celui-ci, concentré sur ses recherches, recopiait des lignes de codes à partir d'une feuille de brouillon chiffonnée. Les écrans semblaient se succéder rapidement, et le lieutenant du CID lisait avidement chaque texte qui disparaissait dans un très bref délai.

Au bout de quelques minutes passées à l'observer, Chiyo ne put s'empêcher d'intervenir :

– Je ne savais pas que cette machine pouvait aller si vite, remarqua-t-elle. Et si je ne connaissais pas ton honnêteté légendaire, je dirais que tu t'improvises pirate informatique ?

– Attends, je vais t'expliquer dès que j'aurai terminé, articula William sans cesser de taper ses codes. Tu vas voir, c'est du lourd...

Chiyo, sans insister, se déshabilla avec satisfaction et ôta ses chaussures en soupirant d'aise.

– Je vais prendre une douche, annonça-t-elle, cette journée a été interminable !

Pendant ce temps, William se connecta à différents sites et continua à lire des documents dont la présentation indiquait leur classification officielle, voire gouvernementale. Puis il se déconnecta en débranchant l'appareil sans l'éteindre, et s'allongea sur le lit, les mains derrière la tête, songeur. Ce qu'il venait de lire était juste incroyable, et le confortait dans ce qu'il avait supposé concernant la jeune femme brune. Elle était loin d'être une touriste amatrice de surf…

Lorsque Chiyo réapparut dans la pièce, cheveux humides et serviette nouée autour des seins, son mari fixait toujours le plafond.

– Alors ? Maintenant que tu as bien éveillé ma curiosité, je veux tout savoir, déclara-t-elle. Vais-je voir arriver des fédéraux dans mon salon, comme dans les meilleures séries télévisées ? demanda-t-elle en se blottissant contre lui.

– Tu ne crois pas si bien dire, ma poulette, commença William. Figure-toi que j'avais un peu des doutes sur notre pensionnaire de fortune mademoiselle Sophia Stern, canadienne. On avait à peine trouvé le corps de cette pauvre fille qu'elle était déjà en train de me donner des ordres pour découvrir l'auteur du crime. J'ai eu l'impression qu'elle avait du mal à se maîtriser, et pas parce qu'elle ne supportait pas la vue d'un cadavre de gamine…

Chiyo frissonna. Jamais elle n'avait vu de cadavre d'enfant de toute sa vie, sauf aux actualités, et elle espérait bien ne jamais en voir. Elle admirait beaucoup William de résister à toutes ces atrocités qu'il affrontait dans son quotidien de flic à Honolulu :

enfants maltraités, délinquance, problèmes de drogue et d'alcoolisme récurrents sur l'archipel, le peu qu'il lui en confiait lorsqu'il rejoignait le havre de paix que représentait l'hôtel était en général largement suffisant. Ce n'était pas pour rien qu'elle s'était éloignée d'Honolulu et de lui ; femme de flic, c'était presque comme être flic soi-même, et elle avait très vite décidé que cela ne lui convenait pas. La paisible existence qu'elle coulait à Lihue lui correspondait en tous points, et tant pis s'il fallait se passer de son mari la majeure partie du temps. William avait une haute idée de son rôle sur terre, quant à elle, voir ses clients satisfaits lui suffisait.

– Et donc, tu as un peu creusé ?

– Mais rien trouvé, ce qui est suspect en soi. Une vague page Facebook, avec des photos imprécises, des amis Facebook morts, bref ça ressemblait à une couverture, alors j'ai appelé Jack, tu sais, il m'en doit une...

Chiyo se souvenait, le fameux Jack avait vécu un mauvais divorce, et était venu se ressourcer à l'hôtel, après une bavure dont William ne lui avait évoqué que des détails.

– Jack a un indic très calé en informatique, un hacker qui devrait être en taule, apparemment, mais qui lui permet de compléter ses dossiers en un temps record. En plus le type ne fait rien de vraiment nuisible, c'est un informateur très utile, continua William, alors je l'ai appelé et je lui ai envoyé directement une photo de Sophia Stern. Et bien c'est complètement fou, mais la photo de cette fille associée à plusieurs moteurs de recherche du *deep web* la montre dans des endroits plus que bizarres...

Chiyo se redressa dans les coussins. L'histoire de William commençait à l'intéresser vraiment, elle ressemblait à une de ces séries qu'elle adorait et qu'elle ne voyait jamais en intégralité pour cause de travail trop chronophage : *Alias*, *Good behavior*, ces héroïnes qui agissaient aux limites de la légalité et sous couverture, prenaient des risques et s'en sortaient toujours. La jeune femme à qui elle avait servi des pancakes le matin, et qui semblait si paisible et bien élevée, serait donc de cette race-là ? Voilà qui devenait passionnant !

– Allez, raconte ! le pressa-t-elle.

– Je n'ai aucune preuve de rien, évidemment, mais on retrouve ce qui pourrait bien être sa silhouette et son visage sur les caméras de surveillance qui ont filmé des effractions, des explosions, des fusillades.

– Incroyable ! s'exclama Chiyo, avec un large sourire. C'est Indiana Jones, cette fille !

– À partir des codes que m'a communiqués ce type, j'ai lu des articles sur les événements en question : un complexe de télécommunications en

Birmanie a sauté, une fille qui lui ressemble habillée en tenue de ville est entrée dans le bâtiment quelques minutes avant ; une explosion et une fusillade dans l'île de Hooker, en Nouvelle-Zemble, un canot avec à son bord quelqu'un qui pourrait être cette fille a abordé l'île peu de temps auparavant. Et puis encore d'autres trucs du genre : une ferme de serveurs de Google dans l'Oregon, une silhouette qui ressemble à la sienne dans les parages. En Espagne, en Norvège, en Allemagne, si l'on croise des événements violents on retrouve l'ombre de cette fille avant ou après les morts. Même dans l'affaire de l'enlèvement de John Kerry, il a été question d'une fille qui aurait contribué à sa libération. Mais qui a refusé d'être décorée et a disparu dans la nature[5].

– Et tu penses que c'est elle ?

– Moi je ne pense rien, mais les algorithmes qui ont enregistré les paramètres de sa silhouette et de son visage l'associent à tous ces événements. Elle n'a pas d'existence légale, on ne semble jamais avoir photographié son visage sur les sites concernés, mais des ombres avec des capuches, des dos armés de fusils de précision, des soldats en civil qui semblent courir à l'assaut ou bien s'enfuir, tout ça

5. Tous ces événements ont été racontés dans les romans mettant en scène le personnage de Kira : *Le Réseau Phénix*, *Les Eaux froides d'Arkhangelsk*, *Piège de cendres sur Fukushima*, *Onde de choc sur l'Oregon*, *L'Aigle de Brandebourg*, *Neige de sang sur Oslo*, *Crisis*, *La Quadrature sibérienne*.

avec des vues satellites qui ne sont pas suffisamment précises, je ne sais pas pourquoi. Bref, Sophia Stern ou bien quel que soit son nom n'est pas une touriste comme les autres.

– Tu crois qu'elle pourrait être dangereuse ? demanda Chiyo qui s'inquiétait déjà pour son hôtel.

William éteignit la lumière et tourna son visage vers sa femme, lui plaqua un baiser sur les lèvres :

– Compte sur moi pour le découvrir.

CHAPITRE VI

Les yeux fermés, Kira attendait à plat ventre, ballotée par de violents courants contraires. Autour d'elle, le bruit lointain du sac et du ressac, quelques cris d'oiseaux marins et la respiration chargée d'embruns du Pacifique.

Trop tôt.

Trop tôt.

Trop tôt, se répétait-elle mentalement.

Attends de prendre de la vitesse, d'avoir de la portance...

Maintenant !

Soudain, son corps se redressa en un enchaînement de gestes maîtrisés et elle se retrouva debout sur sa planche. Elle « checka » le *line up*, la zone où déferlaient les puissantes vagues qu'elle avait repérées depuis la plage, tarda un peu et exécuta un *take off* dans la mousse.

C'est parti !

Kira mordit le *mouth mount*, le support de bouche

sur lequel elle avait fixé sa GoPro et qui allait lui permettre de filmer en reproduisant son champ de vision. Un système ingénieux qui évitait de fixer l'*action cam* sur le *nose* de la planche.

Elle filma ainsi quelques figures périlleuses : un *roller* en haut de la vague, quelques *bottoms-turns*... Et profita de cette incroyable sensation de liberté que procurait le surf.

Mais cette trêve mentale ne fut que de courte durée. Alors qu'elle tentait de se placer à l'intérieur du tube de la vague, Kira songea à ces militaires blessés en Afghanistan ou au Mali et à qui on tentait, grâce à la pratique de ce sport, de faire surmonter à la fois leur handicap et leur traumatisme.

Des stages SMB : sport, mer et blessure. Conduits par des médecins militaires français sur la côte basque. Et auxquels avait participé une de ses amies, officier dont le véhicule blindé avait sauté sur une mine dans la région de Kaboul.

Kira se demanda si le surf serait efficace sur ses propres traumatismes, avant de chuter et de se retrouver lessivée par la déferlante qui la portait quelques secondes plus tôt.

Quelle conne ! Reste concentrée.

Elle remonta à la surface, sourire aux lèvres et scruta la plage. Son regard fut attiré par un étrange panache qui s'élevait au-dessus d'une lisière de cocotiers.

Le nuage noir s'étirait et grossissait dans un ciel parfaitement bleu. Elle ne comprit pas immédiatement d'où provenait cette fumée. Mais elle en localisa rapidement l'origine et se mit aussitôt à ramer avec ses bras afin de rallier le rivage le plus vite possible, réclamant à ses muscles un effort quasi surhumain.

Elle parvint sur le sable, corps et esprit chauffés à blanc, abandonna sa planche sans réfléchir et, GoPro en main, se dirigea vers le sommet d'une petite dune en se frayant un chemin à travers l'attroupement de touristes qui brandissaient leurs Smartphones en direction de la colonne noirâtre.

Les boursouflures de cette dernière cachaient désormais le soleil, dont les rayons orangés filtraient avec peine l'opacité. Une lumière infernale baignait désormais ce petit coin de paradis terrestre et une odeur âcre planait dans l'air où dansaient des cendres.

Kira dévala le monticule de sable, grimpa sur le petit muret de pierres volcaniques qui séparait la plage de la route et observa le point d'origine de l'incendie. Ses craintes se confirmèrent.

C'était bien l'hôtel de Chiyo qui brûlait. En l'absence manifeste de pompiers, un réflexe la fit s'élancer vers l'incendie qui dévorait tout le bâtiment à pleines flammes, avec l'intention de sauver ceux qui pouvaient l'être. À mi-chemin, une violente explosion retentit dans l'air surchauffé, suivie d'un souffle puissant qui heurta sa poitrine et la projeta en arrière. Sa tête cogna contre une surface pierreuse.

Et elle s'évanouit.

CHAPITRE VII

Kira cligna des paupières. L'afflux soudain de lumière l'aveugla. Elle referma les yeux, grimaça et passa une main fébrile dans ses cheveux. Une douleur lui vrillait le crâne. À nouveau, elle affronta la lumière, plissant cette fois le regard pour n'en filtrer qu'une dose acceptable. Elle ramena sa main devant elle et observa le sang qui tachait ses doigts. *Tu as pris un sacré coup*, songea-t-elle en essayant de se relever, titubante. *Pire que la plus mauvaise des cuites...*

Effet du blast primaire, ses oreilles bourdonnaient. « Une explosion est une onde de surpression », aurait précisé Bolan doctement. « L'onde de choc te percute puis s'étend dans ton corps. »

– Je sais, lâche-moi, marmonna Kira en s'appuyant contre le muret que sa tête avait percuté. Elle s'y adossa afin de récupérer un peu d'énergie. Ses jambes tremblaient et une vive douleur lui martelait la tête. Elle rassembla ses esprits et reconstruisit rapidement son espace mental disloqué par l'explosion.

Focaliser sur l'immédiat.

Analyser le danger.

Contre-attaquer, si possible.

À nouveau en pleine possession de ses moyens, elle balaya du regard la zone autour d'elle. Gravats sur la route, silhouettes éberluées ou en panique qui se découpaient sur un fond de flammes rouge-orange, sirène stridente, puis bientôt des gyrophares qui hachèrent l'air saturé de cendres...

Le chaos à 360 degrés, provoqué par un incendie suivi vraisemblablement de l'explosion d'une conduite de gaz. Kira dissipa les ultimes brumes de son esprit et força ses pensées à se préciser.

Chiyo.

Elle est peut-être encore en vie.

Je dois y aller...

Un pompier casqué entra soudain dans son champ de vision, barrant le chemin à sa détermination.

– Ça va, mademoiselle ? interrogea-t-il avec bienveillance, la voix filtrée par un masque à oxygène.

Kira hocha positivement la tête, réveillant la douleur à l'arrière de son crâne.

– Ne restez pas là, conseilla le pompier en lui indiquant la direction à suivre d'un mouvement de bras.

– C'est l'hôtel d'une amie, expliqua Kira en

continuant à avancer vers le brasier. Elle est peut-être encore dedans... Il faut que...

– Mademoiselle, on s'en charge, l'interrompit le pompier abruptement. Soyez raisonnable, vous devez évacuer le périmètre.

– Rien à foutre, grogna Kira en claudiquant.

Le pompier la rattrapa par le bras, s'interposa entre elle et l'incendie dont le crépitement semblait diminuer. Kira planta son regard dans celui du sauveteur. Et ce regard disait : « Rien ne m'arrêtera ! »

– Jack ! le héla un de ses collègue qui déroulait une lance à incendie. Un problème ?

– Non, c'est bon ! lui répondit-il en fixant Kira. C'est bon ? interrogea-t-il à mi-voix pour entendre confirmation.

Kira, touchée par la raison, fit signe que oui et amorça un demi-tour en direction d'une ambulance garée devant un magasin d'articles de plage. Là, elle trouva deux infirmiers et un médecin qui soignaient une enfant brûlée à la cuisse.

– Vous êtes blessée ? interrogea l'un des infirmiers.

– Ça va aller, répondit Kira, rassurante. Occupez-vous de la petite. Elle en a plus besoin que moi.

L'infirmier lui tendit une couverture de survie qu'elle posa sur ses épaules, à la manière d'une cape de super-héros. Jamais elle ne s'était sentie aussi faible et, surtout, aussi peu en capacité de réaction.

Les vacances, ce n'était définitivement pas pour elle ! Elle s'était ramollie et avait relâché la garde. Elle savait pourtant l'importance de toujours rester en éveil. « Un requin qui ne nage plus meurt », lui avait expliqué un jour un océanographe de Sea Shepherd[6]. « Même pendant son sommeil, il continue de nager. C'est une question de survie. S'il arrête, l'eau cesse de passer dans ses branchies et il ne peut plus respirer. »

Soudain, elle aperçut la silhouette de William fendre l'air rendu nébuleux par l'incendie. Le lieutenant du CID avait manifestement forcé le cordon de sécurité et avançait désormais en brandissant son insigne de police sous une fine pluie de cendres. Les pompiers s'écartaient devant lui et son air décidé. Bientôt, il repéra Kira et fonça dans sa direction.

Il arriva à sa hauteur, légèrement essoufflé.

– Dieu merci, vous êtes en vie ! s'exclama-t-il. Vous êtes blessée ?

– Une égratignure, mentit Kira.

– Il faut qu'un médecin vous examine, insista William.

Kira refusa d'un hochement de tête.

– Chiyo ? interrogea-t-elle, inquiète.

Le visage noirci de William, déjà ravagé, se

6. ONG fondée par Paul Watson et vouée à la protection des écosystèmes marins.

décomposa à la manière de celui d'un spectre hurlant sa damnation depuis les enfers.

– Les pompiers ont dégagé trois corps carbonisés juste avant l'explosion, souffla le lieutenant du CID dans une série de sanglots réprimés. L'un d'eux portait une alliance en or blanc...

Machinalement, il tritura la sienne. Son annulaire arborait un anneau blanc, lisse, simple. *Pareil à l'anneau de pouvoir du* Seigneur des anneaux, songea Kira.

– Je suis désolée, soupira-t-elle en baissant la tête.

Elle songea au mariage. À la douleur ressentie quand on perdait celle ou celui avec qui on avait choisi de passer sa vie entière. Dans ces circonstances, Kira ne regrettait pas d'être célibataire.

– Elle a manifestement essayé de sauver un couple de clients âgés qui logeait au premier étage. Le feu a ravagé les escaliers et les a piégés. Ils n'ont pas pu sortir...

– Je n'ai pas de mots, avoua Kira en relevant la tête vers les yeux mouillés de William. Je ne sais pas quoi dire...

Ces moments étaient rares pour Kira. Ces instants où elle se sentait impuissante. Où sa force naturelle l'abandonnait au profit de la résignation.

– Contentez-vous de me dire qui vous êtes réellement.

Kira ne put s'empêcher d'écarquiller les yeux, démasquant sa stupéfaction.

– Et ensuite, aidez-moi à coincer ceux qui ont fait ça, ajouta William sans menace, mais avec dans la voix quelque chose qui s'apparentait à une forme de confiance.

– Comment ça ? s'étonna Kira.

– Je suis sorti chercher le poisson pour le service de midi. Sur le chemin du retour, j'ai croisé une voiture de location. À l'intérieur, il y avait deux hommes dont le profil ne cadrait pas avec celui de touriste. Au CID, j'ai développé une sorte de sixième sens, si on peut dire. Je renifle un intrus à plusieurs kilomètres. Sur le moment, je me suis dis que j'étais en vacances, alors j'ai laissé couler. Et puis j'ai vu la fumée... Alors j'ai lâché le poisson et je me suis mis à courir... À courir, répéta-t-il mécaniquement.

– Pourquoi quelqu'un aurait-il mis le feu volontairement ?

– Peut-être pour éliminer un témoin encombrant.

– Moi ?

Kira estima que sa théorie ne tenait pas debout. Il était sous le choc. Il avait besoin d'un responsable à cette tragédie.

– Je sais ce que vous pensez. Vous vous dites que je délire. Mais vous avez découvert le cadavre de la petite sur la plage. Et ce cadavre a disparu, poursuivit William comme si ces deux faits étaient reliés.

– Mais je n'ai rien vu de particulier, rétorqua Kira en cherchant ce qui aurait pu motiver son assassinat. J'étais juste là au mauvais moment et au mauvais endroit.

Comme souvent.

– Il va falloir creuser, souffla William sur un ton résolu. Mais sans photo de la petite, sans son identité, ça va être très compliqué.

– J'ai peut-être une solution, proposa Kira en serrant sa GoPro dans sa main.

CHAPITRE VIII

L'homme lança son regard au-delà de la baie vitrée qui ouvrait sur la célèbre plage de Waikiki gardée par la statue de Duke Kahanamoku, légende locale qui fut champion olympique de natation avant de faire connaître le surf au monde entier.

Plusieurs touristes doraient sur son sable, d'autres affrontaient ses petites vagues sur des longboards, des planches plus longues que la moyenne et qui permettaient une pratique plus démocratique du surf. Cette insouciance le dégoûtait. Plus largement, l'humanité lui filait la nausée. Des cobayes qui passaient leur vie à faire tourner une roue, sans se préoccuper de savoir à qui appartenait cette roue.

Il frotta ses joues creusées et se dit qu'un petit rasage ne serait pas de trop. Il détestait toute forme de négligence. Il avait pour habitude de se rafraîchir après un voyage en avion, mais l'urgence de la situation ne lui en avait cette fois pas laissé le temps.

Collin Prat dirigeait une branche secrète de la CIA spécialisée dans la cybersécurité qui travaillait en liaison avec une unité de la NSA nommé TAO[7]. Il avait fait le voyage depuis Langley en Virginie jusqu'à Honolulu à cause d'une brèche dans les protocoles de sécurité. Bien plus grave que les récentes révélations de Wikileaks qui agitaient les couloirs de la Centrale depuis quelques semaines.

– Monsieur, voici le dernier rapport, annonça Britney Holyday, l'analyste locale qui l'avait accueilli à l'aéroport d'Honolulu.

Collin, conservateur proche du Tea Party, n'aimait pas travailler avec des femmes. Mais depuis l'élimination de Ben Laden, il avait revu ses positions. La traque du chef d'Al-Qaïda avait été menée majoritairement par des femmes. Et elles avaient réussi avec obstination et talent, là où les meilleurs hommes avaient échoué ou pire, renoncé.

– Résumez, fit Collin sans détourner le regard, braqué sur l'océan.

– Selon les documents de Wikileaks, la CIA aurait cette fois-ci élaboré plus d'un millier de programmes malveillants permettant de prendre le contrôle des Smartphones ou des téléviseurs connectés, voire des voitures, pour espionner leurs utilisateurs, synthétisa Britney.

– Poursuivez.

7. *Tailored Access Operation.*

– Ces méthodes de piratage permettraient à la CIA de contourner les protections par cryptage d'applications de messagerie comme WhatsApp, Facebook ou Signal.

– Ils s'attendaient à quoi ? Que la CIA soit la Candy du cyberspace ? s'emporta Collin, agacé.

– Manifestement, tous les experts réagissent en affirmant que ce sont des mécanismes ciblés qui ne peuvent être utilisés pour de la collecte en masse d'informations, ajouta Britney pour calmer son patron. L'affaire pose toutefois la question de la sincérité d'une promesse du gouvernement américain, censé signaler aux entreprises technologiques les failles découvertes sur leurs produits...

– Bah voyons ! l'interrompit Collin. Les terroristes utilisent les réseaux sociaux, des applications cryptées, des messageries spéciales. Et quand on demande poliment aux géants d'Internet de jouer le jeu, qu'oppose Facebook, Apple ou Google ? De la réticence, au nom de la liberté d'expression ! Et nous on devrait les aider à vendre plus et de plus en plus crypté à des salopards qui se font exploser aux quatre coins du monde ?

Collin appartenait à cette race qui refuse toute forme de concession. Il était persuadé que l'on ne pouvait combattre le terrorisme qu'en lui opposant plus de terreur. Il ne croyait pas aux vertus démocratiques. La démocratie était, selon lui, incapable de se protéger elle-même. Il lui fallait un bras armé. Ou plus exactement, aujourd'hui, un cerveau armé. La première ligne de combat était devenue invisible. Le Mali, la Syrie, la Corée du Nord ? Non, désormais le principal théâtre d'opérations était le Net.

– Qu'en est-il de notre « collaborateur » incontrôlable ? questionna-t-il, abandonnant le principal sujet de discussion et la baie vitrée pour un bureau dépouillé sur lequel ne trônait qu'un ordinateur portable.

Britney se racla la gorge, visiblement gênée par la question de son supérieur.

– Nous ne l'avons toujours pas retrouvé...

– C'est inadmissible ! Collin tapa du poing sur le bureau. Le soleil a ramolli tout le monde, ici ?

– Mais l'équipe Alpha est rentrée et a confirmé que tout avait été nettoyé sur Kauai, s'empressa d'ajouter Britney.

– Je veux débriefer leur chef.

– Je me suis permise de le faire venir, esquissa Britney, regagnant soudain quelques points d'estime professionnelle aux yeux de son patron.

– Alors, n'attendons pas plus, faites-le entrer ! intima celui-ci.

Britney s'éclipsa un instant, puis réapparut quelques secondes plus tard accompagnée d'un homme de taille moyenne, trapu et au physique de boxer amoché par quelques combats de trop sur un ring anonyme.

– Ryan Fox, se présenta ce dernier avec une rigidité toute militaire.

– Forces spéciales ? interrogea Collin, une tablette numérique que venait de lui tendre Britney en main.

– Delta Force, confirma son interlocuteur.

– Vous avez participé à l'élimination de Moussab Al-Zarkaoui[8]. Et contribué à l'éradication ciblée de chefs du groupe État islamique en Syrie... Notamment du cyberactiviste de l'EI Junaid Hussain, énuméra Collin.

– Je suis au service de mon pays, se contenta de répondre Ryan.

– Votre mission à Kauai ?

– Tous les objectifs sont remplis.

– Aucun risque qu'on remonte jusqu'à la source ?

– Aucun, monsieur. Le corps a été rapatrié et est en cours de destruction. Quant au témoin, il est éliminé.

– Le témoin ? s'étonna Collin.

– La jeune femme qui a trouvé le corps sur la plage. Nous nous apprêtions à exfiltrer ce dernier lorsqu'une jeune femme est arrivée sur la zone.

Collin se rappela la photo que Britney lui avait présentée dans la voiture à son arrivée. Cette jeune femme aux fréquentations plus que problématiques.

– Son élimination est-elle confirmée à 100% ? interrogea-t-il, visiblement sceptique.

8. Chef d'Al-Qaida en Irak.

– L'hôtel où elle séjournait a été victime d'un terrible incendie, expliqua Ryan sans plus de détails.

Collin soupira, comme soudain délesté d'un poids important. Il posa la tablette sur le bureau, puis s'approcha de Ryan d'une démarche de prédateur qui avance vers l'un de ses congénères.

– Puis-je vous charger d'une nouvelle mission ? demanda-t-il.

– Bien sûr, monsieur, confirma Ryan en se raidissant un peu plus.

– Je souhaiterais que vous et vos hommes retrouviez un individu qui a échappé à notre vigilance.

– Pardonnez ma curiosité, monsieur. Mais l'individu en question est-il le responsable du meurtre de Kauai, monsieur ?

– Entre autres, répondit Collin, volontairement elliptique.

– Ce sera donc non seulement un devoir, mais un plaisir, monsieur, approuva Ryan au garde-à-vous.

– Soyons clairs, il s'agit seulement de le retrouver et de le neutraliser. En aucun cas de l'éliminer.

– Compris, monsieur.

– Parfait, se félicita Collin.

Il appréciait cette rigueur militaire qui malheureusement faisait de plus en plus défaut à l'Agence. Mais comme il avait coutume de le rappeler à sa hiérarchie, avec 43 % de personnel féminin, pouvait-il en être autrement ?

– Ce sera tout, monsieur ? demanda Ryan.

Collin hocha la tête en signe d'approbation. Ryan se retira en le saluant ainsi que Britney. Collin apprécia durant quelques secondes le calme revenu. Cette solitude du chef inhérente à son métier. Puis, il planta un regard aux reflets d'acier dans celui de Britney et lança :

– Il faut régler le problème de la protégée de Bolan !

– Sa mort étant accidentelle, ce ne sera pas trop compliqué à faire avaler à l'administration, rétorqua Britney, pragmatique.

– Je m'inquiète plutôt de la réaction de son soi-disant protecteur.

– Vous le connaissez ?

– Oui, enfin pas vraiment. Disons que, comme tout le monde dans le Renseignement, je connais surtout les capacités de Bolan à régler les problèmes par la destruction massive. Je préférerais éviter d'avoir à gérer sa vindicte... D'autant, qu'il a beaucoup d'amis dans notre administration...

– Ce n'est pas un surhomme quand même ! protesta Britney.

– L'Exécuteur est pire que ça, soupira Collin.

– Pire ? s'étonna Britney.

– C'est une légende.

CHAPITRE IX

Un pick-up GMC Sierra s'engagea sur l'artère principale de la petite ville d'Haleiwa. Le noir onyx de la carrosserie du véhicule contrastait avec les échoppes flanquées de planches et les petites galeries d'art bariolées.

Colorée et sympathique, la bourgade située sur la côte nord de l'île d'Ohau n'était pas la capitale du surf pour rien.

Le conducteur, un homme au visage rond percé de deux yeux pochés dissimulés derrière les verres fumés de lunettes de soleil, s'appliquait à respecter la réglementation de vitesse. Un instant, il hésita à s'arrêter chez Matsumoto, le plus célèbre fabricant de *shave ice* d'Hawaii. Mais le temps n'était pas à une gâterie glacée goût ananas ou noix de coco.

Il traversa donc Haleiwa tranquillement et retrouva à sa sortie une route côtière bordée de palmiers et de villas sur pilotis où résidaient parmi les plus grands surfeurs de la planète. Il roula une trentaine de minutes sur cet axe droit et unique. Jusqu'à apercevoir une étonnante église qui dominait une plage en arc-de-cercle. *Waimea Bay, « Eau rouge » en hawaïen ancien*, songea-t-il.

Il se remémora le contenu de l'article qu'il avait consulté en ligne la veille et qui avait motivé sa venue : « Sur les hauteurs de la vallée de Waimea se trouvent les ruines d'un temple païen où étaient pratiqués des rites sacrificiels. Pour autant, l'eau ne devait pas sa couleur rougeâtre au sang versé, mais davantage aux sable et sédiments déversés par la rivière lors des crues. »

Il essuya la sueur qui perlait sur son crâne rasé avec un mouchoir en papier qui traînait sur le tableau de bord, avant de le froisser et de le jeter à ses pieds. Puis un sourire inquiétant éclaira son visage semblable à une lune pleine.

La raison de cette soudaine illumination se tenait devant lui, à une trentaine de mètres environ. Et s'incarnait en une silhouette idéale posée sur le bas-côté. Parvenu à la hauteur de cette dernière, il immobilisa le pick-up, abaissa la vitre et s'adressa à l'auto-stoppeuse qui agitait la main, pouce relevé.

– Je vais à Banzai Pipeline, annonça l'adolescente en bikini.

– C'est sur ma route. Mets ta planche à l'arrière et monte, l'invita le conducteur.

La jeune fille s'exécuta sous le regard de ce

dernier qui l'observa faire dans le rétroviseur. Puis elle grimpa dans le véhicule à l'aide du marchepied et s'installa sur le siège passager en cuir avec un soupir d'aise.

– Moi, c'est Izia, se présenta-t-elle.

– Moi je m'appelle Evgeny.

– C'est pas américain, ça !

– Je suis d'origine russe, expliqua le conducteur en redémarrant.

– Les méchants, plaisanta Izia.

– Avant, oui, confirma Evgeny. Mais plus maintenant.

L'autoradio se mit en marche automatiquement, se calant sur la fréquence d'une radio locale qui diffusait le *Surfin' USA* des Beach Boys.

– Cool ! s'exclama l'adolescente en reprenant le refrain que manifestement elle connaissait par cœur. Vous surfez ?

– Non, mais j'aimerais bien apprendre.

Evgeny lorgnait les cuisses nues de l'adolescente à travers le verre de ses lunettes de soleil.

– Si vous avez le temps, je peux vous donner une leçon, proposa Izia.

– C'est une bonne idée, admit Evgeny.

– Je ne prends pas cher, 30 dollars de l'heure.

Les mains d'Evgeny se crispèrent sur le volant. L'espace d'un instant, il avait cru en la gentillesse de sa nouvelle amie. Il avait imaginé qu'elle exprimerait de la gratitude. Qu'elle ne se montrerait pas aussi égoïste que les autres. Une fois encore, force était de constater qu'il s'était trompé. Qu'il n'avait ramassé qu'une petite garce de plus.

– Ça ne va pas ? interrogea Izia.

– Je roule depuis trop longtemps. Je commence à fatiguer un peu, mentit Evgeny en proie à une rage aussi muette que sauvage.

– Mon père s'arrête toutes les deux heures, mais moi je trouve que c'est exagéré.

– Ton père est quelqu'un de raisonnable, corrigea Evgeny en éteignant l'autoradio qui, après les Beach Boys, ne diffusait plus qu'une soupe sonore indigeste.

– Un chieur, mais je l'aime bien. Et le vôtre ?

– Je ne l'ai pas connu.

– Ah, désolée.

– Rien de grave, la rassura Evgeny. Parfois ne pas connaître ses géniteurs peut être apparenté à une chance...

– Euh, je ne comprends pas bien ce que vous voulez dire, là.

– Je suis parfois un peu confus...

Evgeny bifurqua sur un chemin de terre.

– Eh, c'est pas la route pour Banzai Pipeline ! s'inquiéta Izia.

– Je dois passer déposer quelque chose avant, expliqua calmement Evgeny sans préciser de quoi il s'agissait.

– Ah, OK, fit l'adolescente en regardant par la vitre teintée.

Le paysage avait changé radicalement. Fini la vue sur l'océan, désormais le pick-up évoluait sur une piste cahoteuse, bordée par une végétation luxuriante, un début de jungle. Secouée, Izia pensa qu'il ne s'agissait que d'un contretemps. Elle regarda le cadran de son Apple Watch. L'heure indiquée la rassura. Elle n'était pas en retard. En revanche, un message affichait l'impatience de son petit ami. Elle s'apprêtait à lui renvoyer une émoticône chat aux yeux en forme de cœur quand le véhicule s'arrêta près de plusieurs conteneurs à déchets posés sur le bord de la piste.

– Putain, c'est paumé ! s'exclama Izia.

– C'est idéal pour ce que j'ai à faire, rétorqua Evgeny en ôtant ses lunettes et en pliant leurs branches.

Izia découvrit alors ses yeux, froids, inexpressifs malgré le bleu qu'ils affichaient. Elle exprima un mouvement instinctif de recul.

– Tu veux te sauver, petite souris ? interrogea Evgeny en actionnant la fermeture centralisée des portes. *Ja pozabočus' o tebe*[9], poursuivit-il dans sa langue natale tandis qu'il se penchait vers l'adolescente effrayée.

Aucun cri n'ébranla le silence des lieux.

9. Je vais m'occuper de toi.

L'habitacle du véhicule bougea durant quelques minutes à peine, puis s'immobilisa. Evgeny sortit enfin du pick-up et inspira profondément, comme pour reprendre son souffle.

Il affichait la gueule repue des prédateurs après la chasse. Son visage laiteux avait même repris quelques couleurs, désormais légèrement empourpré.

Il contourna le GMC, évita un cent-pieds, l'une de ces scolopendres géantes qui pullulaient sur l'île et dont la morsure s'avérait extrêmement douloureuse, puis extirpa du véhicule le corps mou d'Izia.

Le cou de l'adolescente était cerclé de rouge. Et sa tête penchait du côté droit. Evgeny la traîna jusqu'à l'un des conteneurs d'où exhalait une forte odeur de pourriture.

– Tu seras bien là-dedans, petite souris, murmura Evgeny en contemplant le cadavre de l'adolescente. Mais avant je vais profiter un petit peu de toi. Tu permets ? Bien sûr que tu permets.

Il arracha d'abord le soutien-gorge du cadavre, puis son slip.

– Désormais, tu es à moi, grogna-t-il en lui écartant les cuisses.

*
**

Evgeny remonta son pantalon, le regard honteux. Il ne se sentait jamais bien, après. Et cela depuis la première fois. Mais cette sensation de malaise se dissipait rapidement. Aussi, il n'y prêta pas trop attention et observa le corps nu de sa victime étendu dans les herbes.

Elle s'était montrée aussi décevante que les autres. Elle n'avait fait aucun effort pour lui être agréable, pour l'aimer.

Fort de cette certitude, Evgeny s'empara d'une scie à métaux qui reposait dans la benne du pick-up et entreprit de découper le cadavre de l'adolescente. En commençant par le bras droit. Ce serait moins propre que la dernière fois, mais il disposait de moins de temps.

CHAPITRE X

Depuis plusieurs heures, Kira et William analysaient les clichés numériques saisis par la GoPro sur un écran du poste de police de Lihue.

Leurs yeux commençaient à fatiguer, et semblaient leur refuser l'indice révélateur de l'identité de la malheureuse victime démembrée qui avait disparu.

L'un des collègues de William qui travaillait au KPD, *Kauai Police Department*, leur avait amicalement permis d'utiliser son ordinateur au motif que William avait besoin de prévenir sa famille, mais ils n'avaient que peu de temps avant que ce subterfuge ne soit éventé.

Ce même collègue avait fourni Kira en vêtements, un jean déchiré aux genoux et un tee-shirt affichant Donald Trump la mèche au vent, siglé d'un « NOPE ». Version parodique de celui créé par Shepard Fairey pour Obama avec la mention « HOPE ». Le tout appartenait à sa fille âgée de dix-sept ans.

– Vous êtes sûr que ça va aller ? s'inquiéta Kira en zoomant sur une des photographies.

– J'aurais plus de ressources au CID, mais les quarante-huit premières heures sont déterminantes dans la résolution d'une enquête criminelle.

– Je m'inquiète pour vous, Will, pas pour l'enquête, corrigea Kira.

– Je n'ai pas le temps de m'apitoyer sur mon sort.

Il mentait. En vérité, William était ébranlé par le chagrin, mais son intuition lui ordonnait de transcender cette tristesse, de la transformer en une quête de justice.

– Je sais ce que c'est que de perdre un proche, confia Kira occupée à sélectionner une zone et à l'agrandir encore un peu plus.

Elle s'abstint de préciser qu'elle en avait perdu plus d'un. À vrai dire, elle perdait tous ceux qui l'approchaient ou qu'elle approchait. C'était une des pires constantes de sa vie.

– Le temps du deuil n'est pas arrivé, assura William en se frottant les yeux, rougis par l'usure et un chagrin contenu.

– Là ! Kira pointa soudain l'écran de l'index.

– Une gourmette ? interrogea William en approchant le visage. On ne voit pas bien...

– Je peux arranger ça, le rassura Kira en lançant un programme d'optimisation d'image. On va gagner en netteté.

Au bout de quelques secondes, les lettres gravées sur le bracelet se précisèrent.

– Kathy, lut William en notant le prénom sur une feuille. C'est un premier pas ! Bravo.

– Mais ça ne suffira pas, soupira Kira.

– Non, mais cette Kathy n'est pas droitière, remarqua William. Elle porte le bijou au poignet droit. Je lance une recherche.

– De mon côté, je vais profiter de la connexion pour consulter un ami.

– Un ami ?

– Qasar, un pseudo derrière lequel se cache un hacker qui pourrait nous aider à comprendre cette scène de crime, expliqua Kira.

– Et tu vas le trouver où ce Qasar ?

– Quelque part sur le Darknet.

– Chez les pédophiles ?

– Le Darknet, ce n'est pas que ça, rétorqua Kira. Loin de là. Ça c'est la vision réductrice servie par les géants du Net, qui font commerce de l'utilisation des données personnelles. Le Darknet abrite les lanceurs d'alerte, les dissidents, ceux qui veulent se protéger de la surveillance de masse, les « déviants » comme les communautés homosexuelles en Tchétchénie...

– OK, moi je m'occupe de trouver qui est cette Kathy, souffla William en s'éloignant.

Les doigts de Kira se mirent à pianoter frénétiquement sur le clavier crasseux. Elle grimaça de dégoût. *Le matériel c'est comme les dents, ça s'entretient. Sinon on ne peut plus mordre*, songea-t-elle. Elle téléchargea le pack de navigation Tor, exécuta le fichier .exe pour l'extraire et double-cliqua sur « Démarrer Tor Browser.exe ». Tor se connecta et lança son navigateur inclus. Kira cliqua sur un lien qui ouvrit un service de discussion anonyme. Là, elle entra en contact avec Qasar sous le pseudo de Xéna.

– *Salut ma belle guerrière !* la salua Qasar d'entrée de jeu.

– Hey ! J'ai besoin de ton aide.

– *Je me doutais bien que c'était pas pour un rencard IRL*[10] *!*

– C'est au spécialiste des faits divers que je m'adresse, en fait. À l'afficionado de l'éviscération, de la strangulation et du dépeçage. Au king du *snuff* et autres joyeusetés !

– *Chacun ses passions !*

– Je ne critique pas.

– *Un fait divers, c'est une histoire en soi ! Un phénomène de société concentré dans une histoire violente !* se justifia son interlocuteur numérique.

– C'est de toi, ça ?

– *Je l'ai lu quelque part, ça résume bien ce que je pense.*

– Si je t'envoie des photos d'une scène de crime,

10. *In real life*, dans la vie réelle.

tu peux me dire à quoi et à qui elle te fait penser ?

– *Possible. Mais j'y gagne quoi ?*

– Tu pourras les garder pour enrichir ta collection.

– *OK.*

Kira uploada les clichés en question.

Quelques minutes s'écoulèrent durant lesquelles elle ferma les yeux, tête dans les mains. Les événements s'enchaînaient à une allure rapide. La vitesse n'effrayait pas Kira, mais elle savait qu'elle pouvait induire des dérapages et que, pour les éviter, il fallait redoubler de concentration. La vie était une route sinueuse dont chaque virage méritait d'être négocié avec maîtrise. Soudain, un léger « kling » la fit émerger de cette courte phase de repos. Elle redressa la tête et fixa l'écran scintillant.

– *C'est moche !*

– Super le feedback...

– *Plus sérieusement, c'est du travail très propre. C'est pas un boucher qui a fait ça. Mode opérationnel méthodique et chirurgical. Ça fait penser à Jack L'Éventreur.*

– Celui-ci, on peut l'éliminer des suspects ! Tu ne m'aides pas, là ! s'agaça Kira en fronçant les sourcils.

– *Je t'avoue qu'au début, ça ne m'évoquait rien. Enfin, rien de plus qu'un énième meurtre perpétré par un énième taré. Mais j'avais le sentiment d'un petit quelque chose en plus. D'une touche personnelle. De celle qui distingue un Michel-Ange d'un faussaire.*

– Tu ne vas quand même pas comparer un monstre à un génie ! s'indigna Kira.

– Ouaip, y a des choses à dire sur le sujet. Mais... C'est pas le sujet. En fait, c'est faussement ritualisé. Quand on regarde de plus près les photos, on s'aperçoit que le tueur n'a pas voulu donner de sens particulier à son geste. C'est irrationnel. C'est méthodique. C'est implacable.

– Et donc ?

– C'est russe.

– Mais encore ?

– Je ne peux pas t'en dire plus, ma guerrière adorée. Mais je suis certain à 300% que c'est russe.

Kira soupira. Elle attendait plus. Trop, peut-être.

– OK. Merci à toi.

– Désolé de ne pas pouvoir t'aider.

– Pas grave.

– Je peux garder les photos, hein ?

– Chose promise, chose due, répondit Kira en se déconnectant de la discussion.

Elle savait que Qasar voulait ces photos uniquement pour compléter sa base de données personnelle et qu'il n'en ferait aucun autre usage. Malgré les apparences, c'était quelqu'un de bien. Du genre à aider Interpol à coincer les pires saloperies de la terre.

– J'ai trouvé ! lança soudain William de retour dans la pièce.

– OK, fit Kira en se levant et s'étirant.

Ils sortirent tous les deux du poste de police d'un pas rapide. Parvenus dehors, ils furent éblouis par le soleil dont les puissants rayons filtraient à travers de hauts palmiers. Ils attendirent que leurs yeux se réhabituent à la clarté avant de rejoindre l'une des Ford Crown Victoria stationnées sur le parking. William démarra en trombe dans un crissement de pneumatiques.

– Tu as glané quelque chose ? interrogea-t-il en doublant une camionnette.

– Selon Qasar, c'est un Russe qui aurait fait ça.

– C'est tout ?

– C'est tout, confirma Kira, consciente que c'était peu.

– C'est toujours mieux qu'il y a deux heures, temporisa William avec la volonté d'être positif. On progresse.

– Vous avez trouvé Kathy ?

– Kathy Abubo, 15 ans. Ses parents tiennent un restaurant sur Kaumualii Highway, à côté de l'ancienne plantation de Kilohana. Je les ai appelés. Selon eux, Kathy séjourne chez son petit copain. Ça risque d'être rude...

CHAPITRE XI

Assis dans sa Lexus, Ryan Fox vérifia discrètement le chargeur de son Border Special de chez Nighthawk Custom. Un .45 ACP personnel financé par l'unité et modifié à la convenance de son opérateur. Une petite merveille *made in USA*, à Berryville, dans l'Arkansas.

Ryan n'aimait pas particulièrement les armes. Encore moins s'en servir.

Compte tenu de son appartenance aux Forces Spéciales, cela pouvait paraître paradoxal. Mais Ryan, en bon fils de charpentier, considérait les armes comme des outils. Rien de plus. Rien de moins.

Contrairement à nombre de ses collègues, il ne leur vouait aucun culte. Elles étaient au service de l'homme qui voulait pacifier comme de celui qui voulait guerroyer. Jamais elles ne devaient prendre le dessus et dicter leur loi mortelle.

Aujourd'hui cependant, il sentait l'importance

d'en garder une à proximité. Fidèle parmi les fidèles et qui ne le décevrait pas à l'épreuve de l'ouvrage. Ryan humait dans l'air de l'archipel une mauvaise vibration, comme celle émise par un taliban embusqué dans la vallée afghane de Shahi Khot. Prêt à mener une opération meurtrière.

On l'avait missionné pour une chasse à l'homme, mais son intuition militaire lui soufflait clairement qu'il s'agissait d'autre chose. D'une cible bien plus dangereuse qu'un homme...

Il rangea son pistolet dans un holster ventral et démarra sur un signal d'alerte interne, quasi biologique. Il devait retrouver ses hommes près de la base de Pearl Harbor, au Aloha Stadium. Il roula sans trop d'encombre jusqu'à son point de rendez-vous. À cette heure, la circulation était relativement fluide. Alors qu'elle pouvait facilement se révéler un enfer comparable aux bouchons des autoroutes de Los Angeles aux heures de pointe. Ryan se gara sur l'immense parking du stade, quasi désert en l'absence de match. Cette gigantesque arène plantée au milieu du Pacifique était le domicile des Hawaii Rainbow Warriors, l'équipe de football américain de l'Université d'Hawaii. Mais Ryan s'en fichait. Il préférait le baseball.

Il descendit de son véhicule et balaya du regard les environs. Quelques places plus loin, il aperçut un véhicule tout-terrain gris. Deux hommes s'en extirpèrent et le rejoignirent sans précipitation.

– Chef, fit l'un en le saluant de la tête.

– Avez-vous reçu les infos ? interrogea Ryan sans lui rendre la politesse.

– Oui, confirma l'autre, le nez sur son Smartphone.

– On capture. On ne tue pas.

Les deux hommes, ayant perdu l'habitude d'entendre ce discours depuis qu'étaient privilégiées les frappes mortelles par drones, échangèrent un regard étonné.

– On n'est pas au Pakistan, crut utile d'ajouter leur chef, mais sur le territoire américain. On localise. On appréhende. On livre. Compris ?

– Compris, répondirent les deux hommes en chœur.

– J'ai un début de piste, expliqua l'individu au Smartphone qui, de toute évidence, était le « cerveau » de l'équipe.

– On t'écoute, souffla Ryan, concentré.

– J'ai accédé au serveur de vidéo surveillance de l'aéroport, isolé les séquences et analysé la période postérieure à l'assassinat sur Kauai...

– Pourquoi notre cible serait-elle revenue sur Honolulu ? l'interrompit Ryan, non par pur désir de contradiction, mais afin de couvrir la totalité du champ des possibles.

– D'après le profil fourni, il n'est pas du genre

à fuir. Ce type assouvit ses pulsions, puis revient sagement au bercail, persuadé que son impunité lui autorise tout. Une espèce de complexe divin...

– Sacré fils de pute, grogna son collègue, visiblement moins raffiné. Mais dans ce cas-là, pourquoi se faire chier à lui courir après ?

– Parce que ses pulsions sont de plus en plus dures à assouvir, répondit Ryan. C'est comme un drogué, il lui faut augmenter les doses pour retrouver les sensations du shoot originel...

– Il va donc tuer de plus en plus, synthétisa l'homme au Smartphone.

– Oui, surtout avec ce sentiment d'impunité qui l'exonère de toute retenue, ajouta Ryan, sourcils froncés par une forme de colère rentrée. Ce bâtard ne fait pas que tuer...

– Ce qui risque d'attirer l'attention des médias, soupira l'homme au Smartphone. Et manifestement, nos commanditaires ne souhaitent pas qu'il apparaisse sur le fil news de CNN. Pour faire court, j'ai repéré deux profils sur les vidéos de l'aéroport qui correspondraient à notre client. L'un d'entre eux travaille pour Gazprom. Raison de sa venue à Hawaii : l'organisation d'un championnat de football junior dont la société est l'un des principaux donateurs...

– Et l'autre ? demanda Ryan, comprenant que cette piste n'avait pas la préférence de son équipier.

– L'autre a loué un pick-up, répondit ce dernier. Avec GPS.

– Bon, au boulot ! conclut Ryan en frappant dans ses mains.

Son équipe approuva d'un regard déterminé. Le petit groupe se dispersa en silence aussi vite et discrètement qu'il s'était formé. Ryan sortit le premier du parking. Sa mine s'était durcie. Il apparaissait encore plus concentré qu'au naturel. L'homme était à cet instant totalement, pleinement un militaire.

Et n'avait plus qu'un but : gagner cette bataille. Ryan savait qu'il pouvait pour cela compter sur les lieutenants Mickey Fitzpatrick, spécialiste en communication, et Melvin Bradley, artificier. Deux opérateurs de la Delta Force avec qui il avait capturé un criminel de guerre en Serbie et mené des opérations de diversion en Irak.

Mais aussi échoué à sauver l'otage américain James Foley[11] en Syrie...

Soudain, son Smartphone vibra sur le siège passager. Il connecta le kit mains libres Bluetooth du véhicule.

– Ryan, fit-il tout en maintenant son attention sur la conduite.

– Chef, il a recommencé, annonça la voix de

11. Ce journaliste a été enlevé en 2012 au nord-ouest de la Syrie et décapité le 18 août 2014 par Mohammed Emwaz. La vidéo de son exécution a été diffusée sur le Net.

Mickey. Je suis branché sur les fréquences radios de la police locale. Le cadavre démembré d'une ado a été découvert par des éboueurs...

– Localisation ?

– Près d'un bled nommé Waimea. Je vous envoie les coordonnées GPS.

– OK, on fonce.

Ryan hésita à appuyer sur la pédale d'accélérateur. Il contint sa colère, au profit d'une certitude. Ramener vivant cette pourriture ne signifiait pas le ramener sans égratignure !

CHAPITRE XII

Une imposante bâtisse aux allures de manoir surplombait le restaurant tenu par les parents de Kathy. William se gara sur un petit parking qui jouxtait ce dernier, et dont le bitume était percé de nid de poule.

– Sacrée baraque, souffla Kira.

– Kilohana, une ancienne plantation sucrière, expliqua William. Construite par un certain Gaylord Parke Wilcox qui voulait la plus belle demeure de Kauai.

– C'est bien un truc de mec, ça, moqua Kira.

– Kilohana signifie « inégalable ». C'est touristique aujourd'hui. Ils y fabriquent un mauvais rhum depuis 2009, mais l'endroit ne manque pas de charme...

Kira s'imagina quelques secondes en train de siroter un Coco punch en bikini, le corps lové dans un hamac. Un horrible et fulgurant flashback la ramena à la réalité. Un mélange d'images surgies du néant de son passé, effrayant stroboscope mental.

– Tout va bien ? s'inquiéta William qui s'apprêtait à descendre et avait entrouvert sa portière.

– Oui, mentit Kira que la pâleur soudaine de son visage trahissait pourtant.

Son psy de Vancouver l'avait avertie qu'en débutant une analyse, elle allait certainement réveiller certaines zones de son esprit, comme on réveille parfois des monstres endormis, tapis dans le noir...

Il avait vu juste. Depuis le début de sa cure quatre mois auparavant, elle était fréquemment « visitée » par des visions incohérentes auxquelles elles ne parvenait pas à donner le moindre sens. « Le chemin sera long », l'avait prévenue son psy. Mais cette route ne lui faisait pas peur.

Elle s'était longtemps montrée méfiante vis-à-vis de la psychanalyse. Elle avait eu tort. Elle devait accepter d'être une victime, à quasiment tous les niveaux. Bien sûr, les différentes opérations qu'elle avait menées jusqu'à aujourd'hui ne l'avaient pas épargnée, mais son passé nébuleux, son enfance sans aucun souvenir positif... Tout ça l'avait traumatisée, brisée...

Kira devait se reconstruire. Non seulement pour aller de l'avant, mais aussi pour comprendre son passé. C'était une nécessité. Elle ne voulait plus aujourd'hui ni reculade ni fuite en avant. Son vrai tempérament était celui d'une guerrière, et c'est celui-ci qu'elle voulait affirmer, quitte à passer sur un divan !

– Il serait peut-être temps de me dire qui tu es vraiment, murmura William en se retournant vers elle.

– Quelle importance, qui je suis ? rétorqua Kira.

– Ça t'ôterait un sacré poids.

Tu marques un point, songea la jeune femme.

– Disons que je suis beaucoup de choses à la fois, commença-t-elle, convaincue de devoir lâcher un peu de lest.

William s'immobilisa entre la porte ouverte et le siège conducteur, en suspens dans l'air moite. Et marqua silencieusement son insistance.

– Je m'appelle Kira... Elle hésita une fraction de secondes avant d'ajouter : Bolan.

William esquissa un sourire.

– J'adore les pizzas, la glace Ben & Jerry's, parfum Schweeddy Balls...

– Vanille, rhum, pépites caramélisées au malt, au rhum et au chocolat, compléta William.

– Tu connais ?

– Cette glace est un hommage au sketch d'Alec Baldwin dans l'émission *Saturday Night Live*. Un truc énorme où, déguisé en cuisinier, il faisait goûter à des femmes des boules de pâte préparées par ses soins !

– C'est la première fois que je rencontre quelqu'un qui connaît cette histoire.

– Il faut un début à tout. Mais dis-m'en plus sur toi.

– Je ne crois pas que cela soit prudent.

– Tu sais, je ne suis pas flic pour rien. Juste après t'avoir déposée à l'hôtel, j'ai procédé à quelques recherches te concernant, expliqua William.

– Tu as enquêté sur moi ?

– Oui, confirma le lieutenant du CID. Enfin, sur celle que tu prétendais être : Sofia Stern, citoyenne canadienne. Au passage, félicitations, son profil Facebook est parfait.

Kira retint un sourire amusé. Chacune de ses légendes était élaborée jusqu'au moindre détail et possédait une existence numérique sur les réseaux sociaux. Un supplément d'artifice dont Bolan n'avait jamais bien compris l'utilité. Mais Bolan c'était la préhistoire et Kira l'avenir !

– Cette jolie façade n'a pourtant pas résisté à l'épreuve d'un obstiné tel que moi, poursuivit William. Il n'y a personne derrière l'état civil de Sofia Stern, morte en 1990. Mais le plus intéressant, ce sont les amis Facebook de Sofia Stern...

Kira grimaça. *Aurait-il éventé mon petit stratagème ?*

– Plusieurs d'entre eux sont morts depuis les années 1990 également, continua William sans montrer d'agressivité.

– Je ne connais pas tous mes amis Facebook, objecta Kira sans conviction.

– Avec de tels talents de hacking ?

– De quels talents parlez-vous ? s'étonna faussement Kira, impressionnée par les capacités de celui qu'elle avait, à tort, pris pour un simple policier de province.

– Ceux qui vous ont permis d'infiltrer une ferme de serveurs de Google[12], ou de faire sauter un *data center* bunkerisé à Oslo[13]...

Kira ne fit pas l'erreur d'ajouter un seul mot à cette discussion, ni de laisser filtrer sur son visage laiteux la moindre expression qui puisse trahir sa stupéfaction face à la perspicacité de William. Elle se contenta d'ouvrir la porte et de sortir.

– Je ne vous veux aucun mal, poursuivit le lieutenant du CID à l'extérieur. Je sais que vos combats sont justes.

Comme seule réponse, Kira lui adressa un regard neutre. *Tu ne sais rien de mes combats*, songea-t-elle. *Et, comme les autres, tu ne veux pas savoir...*

Ils grimpèrent une volée de marches en bois et parvinrent à une petite terrasse surélevée sur laquelle dînaient une dizaine de personnes. Kira poussa la porte vitrée de l'entrée de l'établissement et entra la première. À l'intérieur, quelques tables vides et un comptoir en bois exotique vernis, derrière lequel s'activait une femme d'une quarantaine d'années.

12. *Onde de choc sur l'Oregon*
13. *Neige de sang sur Oslo*

William s'approcha d'elle, sûr de lui. *Il a dû se retrouver dans ce genre de situations des dizaines de fois*, pensa Kira en jetant un œil sur le menu du jour inscrit à la craie sur une ardoise : « Hukilau fresh fish stew, grilled teriyaki chicken, all natural kalua pork & cabbage. » Ces propositions culinaires provoquèrent un gargouillement dans son estomac. La faim au ventre, elle se maintint volontairement en retrait et observa le lieutenant.

– Madame Abubo ? interrogea-t-il sur un ton monocorde.

– Oui, répondit-elle avec le sourire commercial maîtrisé par la plupart des serveuses du monde.

– Lieutenant William Keala, de la police d'Honolulu.

– C'est au sujet du restaurant ? interrogea la mère de la victime. Si c'est ça, il faudrait voir avec mon mari. Mais il est en cuisine. On a du monde... C'est le coup de feu...

– Il s'agit de votre fille, coupa court William, conscient que dans ces moments difficiles, mieux valait se montrer direct.

– Kathy ?

– Je pense qu'il serait préférable que votre mari nous rejoigne et que l'on s'asseye pour en discuter, préconisa William avec tact.

– Greg !

– Qu'y a-t-il, Maria ? répondit une voix rauque

perçant à travers un fond sonore fait d'ébullition et de cuisson au grill.

– Viens, intima sa femme en contournant le comptoir.

La frêle silhouette de son mari apparut bientôt. Il avait le teint halé et des cheveux gris coupés court. À côté de lui, son épouse semblait obèse et blafarde.

– Nous avons retrouvé le cadavre de Kathy, expliqua William, à voix basse.

Maria porta ses mains à son visage, comme pour retenir un cri. Greg resta impassible, à la manière de celui qui n'a pas encore compris de quoi on lui parlait.

– Elle a été victime d'un assassinat.

– Kathy est morte ? bredouilla son père.

– Oui, admit William.

Les yeux de Maria s'embrumèrent comme les contreforts d'un sommet de Big Island, la plus grande île de l'archipel. Greg s'efforçait de rester calme, mais quelques haussements d'épaules et des tremblements de mains trahissaient un chagrin naissant, mâtiné d'une colère muette.

– Nous avons besoin de votre aide, expliqua William. À ce stade, la moindre information peut être cruciale pour une évolution rapide et positive de l'enquête.

– Que lui est-il arrivé ? interrogea Maria dans un sanglot.

Des larmes roulaient sur ses pommettes saillantes. Sous le coup de l'empathie, Kira lui tendit une serviette en papier, extirpée d'un distributeur en acier inoxydable.

William hésita un instant, cherchant visiblement la meilleure formule pour ne pas ajouter à la tristesse une autre couche de tristesse. Puis se lança :

– Son corps a été retrouvé sur la plage d'Hanamaulu.

– Comment est-elle morte ? demanda Greg, plantant un regard que connaissait bien Kira dans celui de William.

– À ce stade de l'enquête, je ne peux vous en dire plus, mentit William.

– Oh mon dieu ! s'exclama Maria, fondant soudainement en larmes. Ce n'est pas possible, Kathy était chez Kaipo pour le week-end...

– Kaipo ?

– Son petit ami, précisa Greg. Il habite sur Hulei road à Hanamaulu, près de l'école primaire. Ce petit salopard va le regretter, ajouta-t-il en serrant les poings.

– Monsieur Abubo, calmez-vous, désamorça aussitôt William.

– Me calmer ? Greg lui jeta un regard noir.

– Nous allons tout faire pour trouver le coupable et justice sera rendue, ajouta le lieutenant du CID avec maîtrise et sang froid.

– Je veux voir ma petite fille, sanglota Maria.

– Madame Abubo, la police doit d'abord faire son travail, mentit à nouveau William.

Kira ne put s'empêcher de le regarder en écarquillant les yeux. Heureusement, aucun des deux parents de la victime ne le remarqua. Elle savait que le mensonge à ce stade était nécessaire, vital même. Pourtant, en cet instant, occulter la disparition du cadavre de leur enfant lui semblait surréaliste.

– Je vous laisse ma carte, ajouta William. Si vous avez la moindre question, le moindre problème, n'hésitez pas. Appelez-moi. Mes collègues ne vont pas tarder. Ils vont s'occuper de vous, ponctua-t-il alors qu'au dehors se mettaient à résonner de stridentes sirènes.

William se leva et invita Kira, d'un geste discret de la main, à faire de même. Elle s'exécuta, un peu sonnée par le moment de pure tristesse auquel elle venait d'assister. Sur le parking, William discuta quelques minutes avec le chef de la police locale, puis ils regagnèrent le véhicule garé à une dizaine de mètres.

Dans l'habitacle de la voiture, le silence refusa d'être rompu. Ni William, ni Kira ne semblaient en mesure de commenter ce qu'ils venaient de vivre. Sans le savoir, pourtant, ils étaient en phase. Le temps des mots devait céder la place à celui de l'action. Le moteur gronda. William appuya un peu plus que de raison sur la pédale d'accélération, et la Ford Crown Victoria bondit hors du parking tel un animal sauvage fonçant sur sa proie.

CHAPITRE XIII

I am the son of rock'n'roll
I got the masses under my control
I like to drink, I love the dope
I want your money and I want your hope

La voix d'Ilya Naishuller, chanteur du groupe Biting Elbow, résonnait dans l'habitacle du pick-up. Evgeny tapotait en rythme sur le volant avec le plat de la main. Soudain, il se mit à entonner le refrain de la chanson *Bad Motherfucker* :

– *Your money and your hope. Your money and your hope. Your money and your hope*, brailla-t-il avec un affreux accent russe.

Evgeny se prenait pour un dieu du karaoké. Il était persuadé d'avoir un don pour le chant. À l'entendre, il s'agissait plus vraisemblablement d'une malédiction.

Le paysage défilait, fait d'une succession de plages paradisiaques sur lesquelles venait mourir un océan turquoise ourlé de rouleaux gigantesques. Evgeny était insensible à la beauté de ce monde. Il n'était préoccupé que de lui-même. Une forme d'égocentrisme pathologique qu'il avait forgé dans son enfance, coulée à Mourmansk. « On ne grandit pas impunément dans cet endroit du monde », lui avait souvent répété sa mère. Aujourd'hui, il comprenait mieux ce qu'elle voulait dire. Mourmansk était très industrialisée. Très polluée aussi. La péninsule de Kola était, de plus, la région la plus saturée en objets nucléaires au monde. C'est dans ce milieu hautement toxique qu'Evgeny avait grandi. Jusqu'à devenir lui-même toxique pour la société.

Un impact contre la carrosserie du pick-up sortit brusquement Evgeny de ses souvenirs et le contraignit à faire une embardée. Instinctivement, il rétablit la trajectoire, puis regarda dans son rétroviseur. Juste derrière lui, il aperçut la silhouette massive d'un véhicule tout-terrain gris qui lui collait le train.

– *Mudak*[14] *!* gueula-t-il dans sa langue maternelle.

Un second choc, plus violent, le força à verser sur le bas-côté où le pick-up s'immobilisa, deux roues dans un petit fossé boueux. Evgeny reprit rapidement ses esprits, ouvrit la porte et descendit avec l'intention d'en découdre. Il avisa le 4 × 4 gris qui s'était garé juste derrière lui. Son conducteur

14. Connard !

descendit, suivit par un passager. Les deux hommes s'approchèrent d'Evgeny, visages fermés.

– Monsieur, veuillez nous suivre, intima Mickey Fitzpatrick, tandis que Melvin Bradley contournait discrètement Evgeny.

Les deux opérateurs Delta semblaient rodés à leur stratégie. Leurs gestes étaient précis, millimétrés. On sentait chez eux l'assurance du guerrier, gagnée sur plus d'un champ de bataille.

– *Zatknis', idi na khuy*[15] *!* beugla Evgeny en guise de réponse.

Sûr de lui, grisé par sa dernière « performance », le Russe affichait une attitude bravache face à celui qu'il considérait comme un vulgaire chauffard. Impassible, Melvin projeta soudain le poing gauche en avant. Evgeny attrapa son poignet avec force, esquissant un sourire suffisant.

Mais son adversaire pivota aussitôt, et le fit lâcher tout en levant l'autre bras pour frapper de la pointe du coude à la naissance de la gorge, juste au-dessus du sternum.

Evgeny tomba à la renverse, tel un arbre tronçonné.

Souffle coupé.

Il essaya de se relever, mais un violent coup de pied dans la tête anéantit sa tentative et lui fit perdre conscience.

15. Ferme ta gueule, je te baise !

– Un coup de main ? demanda Ryan en immobilisant sa Lexus à la hauteur du lieu de l'interception musclée.

– Ce salopard doit peser son poids, souffla Melvin. Mais ça ira. Je vais le traîner jusqu'au 4 × 4, restez là pour masquer la manœuvre, ajouta-t-il en tirant sur la carcasse inanimée d'Evgeny.

Il la chargea avec peine à l'arrière du véhicule tout-terrain. Puis il reprit son souffle avant de cercler les poignets d'Evgeny dans son dos avec des menottes en plastique.

Mickey démarra le pick-up et attendit que Ryan passe devant lui pour se mettre en route. Melvin ne tarda pas à les rejoindre, fermant le petit convoi qui roulait désormais à bonne allure en direction d'Honolulu.

*
**

Ryan freina avec précaution à la hauteur de la guérite d'un check-point noyé dans la végétation. Il baissa la vitre électrique et s'adressa brièvement au soldat de faction en lui tendant un badge magnétique. Après vérification, le gardien actionna l'ouverture automatique d'une clôture grillagée et, à en croire les panneaux, électrifiée.

Les trois véhicules s'engouffrèrent dans l'enceinte sécurisée du Hawaii Cryptologic Center, ancien KER-Sock[16]. Le site, dédié à l'interception et l'analyse des signaux électromagnétiques en provenance d'Asie, appartenait à la NSA et au CSS[17]. Il était l'un des quatre principaux centres cryptologiques américains.

Une place névralgique.

Les véhicules emmenés par Ryan se garèrent sur un parking situé près d'un bâtiment couronné par une large toiture typique d'Hawaii. Ce dernier jouxtait une ouverture impressionnante, encadrée par de la pierre de lave et creusée dans une colline recouverte d'herbe rase, qui affichait une couleur verte surréaliste.

– Livrez le colis ! ordonna Ryan en ajustant ses lunettes de soleil.

Ses équipiers extirpèrent du 4 × 4 Evgeny, dont la tête avait été recouverte d'une cagoule en tissu noir, et le guidèrent sans ménagement vers ce qui s'apparentait à l'entrée d'un tunnel. À intervalles réguliers, le Russe protestait. Un coup le faisait taire.

L'air victorieux, Ryan emboîta le pas de ses hommes. Après s'être acquitté d'un nouveau contrôle de sécurité, le petit groupe s'enfonça dans la cavité aménagée à la manière d'un immeuble

16. *Kunia Regional SIGINT Operations Center.*

17. Le *Central Security Service* est une agence qui a été créée dans le but de coordonner les efforts des sections de cryptographie de la NSA et de l'armée américaine.

high tech. L'air y était plus frais qu'à l'extérieur. Il y planait une odeur d'ozone et d'humidité mêlées. Tout un petit monde s'affairait dans ce gigantesque couloir qui semblait s'enfoncer profondément dans la terre volcanique de l'île. Certains à pied, d'autres véhiculés par des voiturettes électriques pareilles à celles empruntées par les golfeurs. Il régnait dans cet endroit une effervescence maîtrisée, pour ne pas dire calculée.

Après le franchissement d'une succession de points de contrôle et de sas, le groupe emmené par Ryan s'immobilisa devant une porte simplement marquée d'un numéro. Il posa son badge sur le lecteur prévu à cet effet et libéra l'accès à une pièce aveugle, fermée par des murs blancs et au milieu de laquelle trônait une unique table métallique.

Les hommes de Ryan attachèrent les poignets d'Evgeny à une paire de menottes reliée à la table et ses chevilles à une seconde, fixée à même le sol en béton lissé. Le Russe protesta une fois de plus dans sa langue maternelle. Melvin le rembarra d'un violent coup de poing dans la tête.

– Ferme ta gueule, espèce d'enfoiré ! C'est un gentil conseil du père de deux adolescentes, souffla-t-il à l'oreille d'Evgeny.

– Tu crois que tu m'impressionnes ? interrogea Evgeny que le choc n'avait visiblement pas mis KO. Espèce de bâtard d'Américain, rigola-t-il. Tu joues au père la morale ? C'est une habitude chez vous !

Sa voix était filtrée par la cagoule et on pouvait voir en creux la forme de sa bouche qui aspirait le tissu.

– Tu me montreras des photos de tes filles ? poursuivit Evgeny. Elles ont quel âge tes petites salopes ? Pas plus de quinze ans, j'espère...

– Gros tas de merde, ragea Melvin les poings serrés, prêt à frapper à nouveau.

– Ça suffit ! intima Ryan. On dégage !

Les Deltas quittèrent la pièce sur son ordre. La porte se referma derrière eux dans un chuintement, laissant Evgeny seul sous la lumière crue d'une rampe d'éclairage LED.

– Je sais que tu es là ! lança-t-il soudain comme s'il avait senti la présence de quelqu'un.

Un œil numérique s'ouvrit et une caméra accrochée à l'un des murs pivota dans sa direction.

– C'était pas la peine d'envoyer des gros bras en overdose de testostérone, poursuivit Evgeny. J'étais sur le chemin du retour. De toute façon, sur ces putains d'îles, on peut pas aller bien loin. Arrête de jouer au con et vient m'enlever tout ça, bordel !

Evgeny s'agita, secoua les chaînes qui l'emprisonnaient tout en hurlant à la mort à la manière d'un loup. Puis, il s'arrêta et éclata de rire.

– T'es vraiment un fils de pute ! lança-t-il à son interlocuteur invisible. Tu veux me punir, c'est ça ?

Ça sert à rien, je suis le plus fort. Et tu le sais. Sans moi, tu te retrouves dans la merde direct ! Alors, arrête tes conneries et libère-moi !

Un long moment s'écoula, dans un silence total rythmé par la seule respiration hachée d'Evgeny, en attente d'une réponse à ses invectives. Puis, soudain, la porte s'ouvrit dans un léger souffle mécanique.

CHAPITRE XIV

– Rien ne s'est passé comme prévu. Kathy n'est pas venue, assura un adolescent au look de skateur et aux traits asiatiques. Pour être franc, on s'est disputés à cause de Tanya.

– Tanya ? interrogea William.

– Bah, je suis sortie avec elle au cinéma...

– Tu l'as trompée, souffla Kira, dépitée par tant de banalité.

– Kaipo, tu es certain de ne pas avoir vu Kathy ?

L'adolescent hocha positivement la tête, gêné par le regard de Kira, plus insistant que celui du lieutenant du CID.

– Vous pouvez me dire ce qu'il se passe ? demanda le jeune garçon. Vous débarquez comme ça sans rien me dire... Vous me posez des questions sur Kathy... Vous me faites flipper grave, là !

– Kathy a été assassinée, expliqua William.

– Merde ! Vous déconnez, là ? demanda Kaipo, incrédule.

– On a retrouvé son corps sur la plage à quelques kilomètres de chez toi, intervint Kira. Si tu sais quelque chose, quoi que ce soit, il faut nous le dire.

Le regard de Kaipo s'affola et balaya les murs couverts de posters siglés de noms de groupes de métal que connaissait Kira. *Les adolescents ont bon goût*, avait-elle songé quelques instants auparavant en découvrant la chambre.

– C'est pas possible, murmura Kaipo en s'asseyant sur son lit. On se croirait dans un épisode de NCIS...

– Mais je ne suis pas Abby, souligna Kira dans un léger sourire.

Elle faisait référence à l'un des personnages de la série télévisée citée par Kaipo, une gothique au caractère enthousiaste.

– Ça colle pas votre histoire ! Kathy n'aimait pas la plage, expliqua Kaipo.

– Pas commun pour une locale, constata William.

– En fait, ce qu'elle détestait surtout, c'était le sable. Elle disait que c'était désagréable, qu'il s'infiltrait partout et qu'après ça grattait.

William regarda Kira, interloqué par cette révélation.

– Pour rien au monde Kathy n'aurait accepté d'aller sur une plage, poursuivit l'adolescent, sûr de lui.

– C'est pourtant là qu'on l'a retrouvée, rétorqua

Kira qui ne semblait pas vouloir ménager le jeune homme.

– Son repaire, c'était plutôt les centres commerciaux. Elle était folle de shopping. Comme toutes les filles, je présume...

– C'est une vision sexiste et étriquée, claqua son interlocutrice.

– Quel centre commercial fréquentait-elle le plus ? demanda William, s'efforçant de rester focus sur son enquête.

Kaipo réfléchit un instant avant de répondre :

– Le Kukui Grove Center à Lihue. Celui avec le Kmart. Kathy y traînait souvent quand ça n'allait pas bien. « La consothérapie, y a que ça de vrai », elle disait.

William adressa un nouveau regard silencieux à Kira. Elle l'analysa en une fraction de seconde et comprit le message. Kathy avait peut-être été « ramassée » là-bas par son assassin. Tuée ailleurs et déposée sur la plage. Elle se leva avec le goût du progrès en bouche.

– Merci, Kaipo, fit William en posant une main sur l'épaule de l'adolescent à la mine défaite.

– J'ai été minable sur ce coup, admit Kaipo en larmes.

– On est tous minables un jour ou l'autre. L'essentiel, c'est de s'en rendre compte, souffla Kira en sortant de la chambre.

*
**

De retour à Lihue, William et Kira traversèrent le vaste parking du Kukui Grove Center. Ils contournèrent une fontaine, évitèrent un chariot poussé par une vieille femme et se retrouvèrent à l'accueil du centre commercial. William se présenta à l'une des hôtesses et demanda à voir le responsable du service de sécurité. Ce dernier ne tarda pas. De taille moyenne, trapu, les cheveux coupés en brosse façon Dolph Lundgren dans *Rocky IV*. Il prenait manifestement son travail très au sérieux.

– Stanley Robinson, chef de la sécurité.

– Lieutenant William Keala, police d'Honolulu.

Après une courte poignée de main, Stanley regarda Kira.

– Une collègue, se contenta d'expliquer William.

– Que puis-je pour vous ? demanda Stanley, visiblement honoré de pouvoir rendre service à la police.

– Un accès à la vidéosurveillance.

– Laquelle ?

– Comment ça, laquelle ? s'étonna le lieutenant du CID.

– On dispose de caméras classiques, mais aussi de deux robots K5, répondit le chef de la sécurité.

– Des robots ?

– Les K5 sont fabriqués par la société Knightscope. Ces vigiles du futur sont équipés de capteurs, de caméras et de systèmes de reconnaissance qui leur permettent d'être autonomes, de lire les plaques d'immatriculation ou de reconnaître les visages, expliqua Kira.

– Ils collectent, analysent les données et alertent en cas de danger, compléta Stanley, fier de ses jouets.

– L'un d'eux s'est « suicidé » récemment en se jetant dans une fontaine, ajouta Kira. Un autre a enfreint la loi d'Asimov interdisant de faire du mal aux humains en écrasant un enfant de seize mois alors qu'il patrouillait dans un centre commercial comme celui-ci.

– Des dysfonctionnements rares, rétorqua Stanley. Ici, les « têtes d'œuf », comme on les surnomme, nous donnent entière satisfaction.

Malgré son attachement à la technologie, Kira pensait que certaines tâches ne devaient pas être déléguées. L'humain devait garder le contrôle absolu de sa sécurité.

– Il nous faut les enregistrements de vendredi, ordonna presque Kira.

– L'intégralité, précisa William. Ceux de vos robots, aussi.

La tête de Stanley oscilla légèrement.

– Je dois en parler au directeur, bredouilla-t-il.

– On n'a pas le temps, objecta William.

– C'est la procédure.

– Stanley, il y a deux manières de faire. Discrètement, sans remuer la merde, ou bien je reviens avec une armée de collègues qui vont analyser la moindre trace dans tes chiottes !

Kira comprit immédiatement que son partenaire tentait un coup de bluff avec une mauvaise main.

– OK, fit Stanley sans trop prendre de temps pour réfléchir. Suivez-moi.

⁂

Le « QG » de Stanley affichait une surface d'à peine vingt mètres carrés. Il y régnait une odeur de friture : donuts et hamburgers mélangés. Plusieurs grands écrans tapissaient un pan de mur. Sur chacun, on pouvait observer en direct une douzaine d'endroits différents : des rayons d'un supermarché au Starbucks local, en passant par la galerie marchande et les allées du parking.

– Numérique ? interrogea Kira.

– Bien entendu, répondit Stanley en haussant les épaules. Tout est stocké en RAID sur le serveur qui est là. Et on effectue un backup une fois par semaine dans un *data center*...

La jeune femme se fichait des détails et ne l'écoutait pas.

Elle s'avança vers un clavier aux touches tachées de graisse, à côté duquel se trouvait un tapis de souris imprimé d'auréoles de café.

– Mot de passe ? demanda-t-elle avec une grimace de dégoût.

– Je vais le taper moi-même, répondit Stanley en s'immisçant entre Kira et le bureau.

Il composa son code et valida avant de reculer. Kira se mit aussitôt à pianoter. Elle ouvrit un lecteur vidéo et commença à visionner en accéléré les séquences qui l'intéressaient. Ses yeux agissaient comme deux scanners, numérisant en temps réel les informations et les stockant dans une partition de sa mémoire. William s'inquiéta de la rapidité avec laquelle elle procédait.

– Tout va bien ?

Absorbée par sa tâche, elle ne prit pas la peine de lui répondre. Les deux hommes quittèrent le bureau, la laissant seule. Il se passa une bonne heure avant qu'elle ne s'interrompe enfin. Elle rejeta sa tête en arrière, expira bruyamment et fit craquer ses phalanges. Quelques minutes plus tard, William ouvrit la porte et entra, suivi par Stanley.

– Tu as vu quelque chose ? s'enquit William.

– Non, bâilla-t-elle. Un café c'est possible ?

William regarda Stanley.

– Je vais vous chercher ça, assura ce dernier en se retirant.

– Avec du lait et sans sucre ! ajouta Kira qui s'était remise à frapper sur le clavier à toute vitesse.

William l'observait avec un mélange d'admiration et de crainte. Il ne savait finalement que peu de choses concernant cette jeune femme, quasiment rien. Il avait juste flairé une piste qui l'avait conduit à faire tomber un premier masque. Mais combien cette fille en portait-elle ? Il l'ignorait. Pour l'instant, elle était son alliée... mais pour combien de temps ?

Une autre heure s'écoula avant que la frénésie de Kira ne retombe. Café consommé, elle s'épongea le front et extirpa son visage blanc du halo lumineux projeté par l'écran sur lequel elle venait de figer une image.

– C'est elle, souffla-t-elle en pointant la silhouette de Kathy.

Puis elle accéléra l'image.

Avant de la geler à nouveau.

– Et là, c'est notre homme ! s'exclama-t-elle comme un adolescent qui viendrait de passer au niveau supérieur de son jeu vidéo favori.

– On ne voit pas grand-chose, grogna William en se penchant.

– Je peux améliorer ça.

Kira se connecta sur le Net et téléchargea un logiciel. Puis, elle effectua une capture d'écran et en passa le fichier à la moulinette numérique de l'utilitaire qu'elle venait d'installer. Ce dernier lui permit d'améliorer la qualité de l'image tout en zoomant sur la partie qui l'intéressait.

– Voilà, fit-elle au bout de quelques minutes.

– C'est exploitable, admit William, épaté.

Il observa le visage rond d'un homme aux yeux globuleux. Son crâne était rasé. Ses oreilles légèrement décollées. Il parlait avec Kathy. Celle-ci lui souriait et ne semblait pas en panique du tout.

– Je te l'envoie par mail, expliqua Kira en se levant.

– Eh, vous ne partez pas sans avoir nettoyé ! s'exclama Stanley.

– Je suis pas ta boniche, rétorqua la jeune femme, déjà hors de la pièce. *Comment ce porc ose-t-il demander qu'on nettoie quoi que ce soit dans sa porcherie ?*

– Elle a ses règles votre collègue ? demanda Stanley, révélant toute l'étendue de sa grossièreté.

– Tous les jours, lui confia William, l'air moqueur.

– Bah, c'est bien pour ça que je préfère bosser avec des robots, soupira le chef de la sécurité en s'asseyant devant l'écran de son ordinateur. Putain, elle a mis un sacré bordel sur mon bureau !

***

Assise sur le siège passager de la Ford Crown Victoria, Kira trépignait en se rongeant les ongles.

Ses yeux roulaient, à la recherche d'un point d'ancrage.

– Ça ne va pas ? s'inquiéta William.

– Non, ça ne va pas.

– Pourtant, on avance. Grâce à vous...

– J'ai pas d'ordinateur, pas de Smartphone digne de ce nom depuis l'incendie, s'énerva Kira. Rien, que dalle... Je suis à poil ! On se traîne. Cette gamine mérite mieux ! Et ce mec, ce Stanley, un vrai déchet !

– Si c'est juste une question d'outils, je dois pouvoir arranger ça, chercha à la rassurer William.

– On ne part pas à la chasse avec une canne à pêche ! continua Kira, en colère.

– Je vais trouver le calibre qu'il faut, assura le lieutenant du CID.

Dans le vide-poche, son téléphone portable, une antiquité aux yeux de Kira, se mit soudain à vibrer. Il l'attrapa d'une main.

– Putain, le kit mains libres Bluetooth vous ne connaissez pas ? C'est vraiment *Jurassic Park*, ici... Marre des dinosaures...

William ne prêta pas attention à la pique. Il coinça son Smartphone entre l'épaule et l'oreille et redoubla d'attention, car la circulation s'était densifiée.

– Stan ? Oui, je comprends. OK... OK... Je prends le premier avion.

Il abandonna la conversation en laissant le Smartphone glisser le long de son bras et tomber à ses pieds. Puis sans un mot, il amorça un virage serré et fit demi-tour.

– Que se passe-t-il ? interrogea Kira en s'agrippant au siège.

– Une nouvelle victime. Adolescente, même profil que Kathy... Des éboueurs ont retrouvé les morceaux de son cadavre dans une benne à ordures...

– Ici ?

– Non, sur Oahu.

– Merde. On fait quoi ?

– On part pour Honolulu par le premier avion.

– Pas possible, objecta Kira.

– Pourquoi ?

– Je n'ai plus de papiers. Mon passeport a brûlé dans l'incendie.

– Celui-là ? interrogea William en extirpant un passeport d'une poche intérieure de sa veste.

– Tu me l'as piqué ? s'agaça Kira.

– On se tutoie, maintenant ?

– Quand il n'y a plus de respect...

– Tu m'en veux ?

– Non, je suis déçue.

– J'ai fait mon job en vérifiant ton identité, se contenta de répondre William. Je te rappelle que je suis flic.

– C'est rien... Ça brise d'un coup net le peu de

confiance que j'avais placé en toi. Rien de plus, rien de moins.

– Je me rattraperai, souffla William en lui tendant le passeport.

CHAPITRE XV

Collin Prat déboutonna la veste de son costume noir et desserra le nœud de sa cravate aux motifs géométriques. Il se sentait oppressé à chaque fois qu'il était confronté à Evgeny Viktorovitch Antonov. Ce Russe le mettait mal à l'aise pour plusieurs raisons.

La première était qu'il s'agissait d'un sociopathe monstrueux, façon Hannibal Lecter.

La seconde, qu'il n'avait aucune prise sur lui. Evgeny échappait à son contrôle, à toute forme de contrôle. Rien à voir avec ces terroristes qui jouaient les durs et craquaient dans les prisons clandestines. Non, Antonov était un animal enragé, affranchi de la loi des Hommes. Le sort d'une telle bête se réglait en général par une injection létale. Mais cette bête-là était essentielle à la sécurité des États-Unis. Pas question de la piquer, pas encore...

– Je savais bien que tu étais là ! triompha Evgeny. J'ai reniflé ton eau de toilette bon marché !

Ça empeste à des kilomètres. Je me demande pourquoi les gens s'obstinent à dissimuler leurs odeurs corporelles. Peut-être pour cacher leurs émotions, la peur, l'excitation...

– Bonjour, Evgeny, se contenta de riposter Collin.

Il régnait dans l'air de la pièce une tension palpable, une énergie négative, prête à imploser à la moindre étincelle. En bon professionnel du renseignement qu'il était, Collin ne souhaitait pas en arriver là. Car alors, il perdrait totalement la main et surtout l'avantage stratégique que lui procurait le Russe.

– Tu n'as pas pu t'empêcher de recommencer, souffla-t-il en se tenant à bonne distance de son prisonnier.

– Est-ce qu'on empêche le lion de manger la gazelle ? Le tigre de dévorer la chèvre ? interrogea Evgeny avec véhémence. Je suis en haut de la pyramide de l'évolution. Au sommet de la chaîne alimentaire...

– Ou en bas de l'échelle humaine, c'est selon, corrigea Collin.

– Tu peux te foutre de ma gueule, mais tu ne peux pas ignorer la vérité. Il n'y a pas de mystère. Je ne fais pas ça parce que ma mère a été sévère avec moi ou parce que la société m'a rejeté. Non, je fais ça parce que j'aime ça. Je suis un régulateur. J'endosse votre hypocrisie, vos péchés...

– Jésus-Christ réincarné chez les Soviets ! l'interrompit Collin sur un ton sarcastique.

– J'empêche ces petites putes de devenir grandes et d'inonder le monde avec des vidéos pornos où elles se font baiser à la chaîne. Vous devriez me payer pour ça !

– Tu es un bon Samaritain, finalement. Voilà un trait de ta personnalité complexe qui a échappé à nos psychologues.

Vexé que son interlocuteur ne le prenne pas au sérieux, Evgeny s'enferma dans un silence temporaire.

– Je t'avoue que lorsqu'on m'a réveillé un matin en m'alertant des problèmes que tu créais à nouveau, je me suis dit que, finalement, la meilleure option était de me débarrasser de toi une bonne fois pour toutes. Je déteste me lever avant cinq heures, ça me met de mauvaise humeur. Mais après le petit-déjeuner, il m'est apparu que ton heure n'avait pas sonné. Pas encore, en tous cas...

– Tu ne peux pas me tuer, et tu le sais très bien, affirma Evgeny redevenu loquace.

– Disons que tu m'es malheureusement plus utile en vie, corrigea Collin.

– C'est ce que tu penses de moi ? Après ce que j'ai fait pour toi... souffla Evgeny.

– Ce que tu as fait m'a coûté assez cher. Mais je dois admettre que c'était du très bon boulot.

Cependant, le passé est le passé. Et ce qui m'intéresse aujourd'hui, c'est l'avenir.

– Votre président est un guignol ! Il coupe lui-même avec application la branche sur laquelle on l'a assis. Je ne vois pas bien ce que je peux y faire.

– C'est sûr que ton Poutine a meilleure allure, concéda Collin. Il a su imposer une image de héros tout droit sorti d'un de nos blockbusters ! Poutine contre un ours. Poutine pilote un sous-marin nucléaire. Poutine torse nu sur un cheval...

– Tu veux quoi exactement ?

– Rien qui ne soit dans tes compétences, répondit Collin.

– Putain, tu me fais chier avec tes devinettes à la con !

– Je t'expliquerai ce que nous voulons de toi, mais avant je dois m'assurer que tu vas arrêter tes « bêtises ».

– OK, je promets d'être sage, assura Evgeny. Maintenant, enlève-moi tout ça.

– Pardonne-moi mais je n'accorde aucun crédit à tes promesses. Tu l'as dit toi-même. Tu fais ça parce que tu aimes ça et rien ne peut t'en empêcher. Enfin, rien, c'est exagéré. Il y a toujours une solution...

Sur ces derniers mots, la porte s'ouvrit de nouveau et laissa entrer deux hommes vêtus de blanc. L'un poussait un chariot métallique qu'il immobilisa à hauteur d'Evgeny. L'autre portait une petite mallette.

– C'est quoi ce bordel ? s'inquiéta le Russe en remuant sa tête cagoulée.

– Notre équipe médicale, expliqua Collin.

– J'ai pas besoin de médecin, protesta Evgeny.

– Tu en as besoin, mais tu l'ignores. Comme la plupart des malades de ton espèce…

L'un des deux hommes en blanc ouvrit la mallette et en sortit du matériel qu'il posa sur le plateau du charriot. Le second s'en empara et prépara une seringue avec laquelle il aspira le contenu d'un petit flacon. Pendant ce temps, l'autre avait relevé une manche de la chemise d'Evgeny et tapotait l'intérieur de son bras à la recherche d'une veine.

– Qu'est-ce que vous foutez, putain de merde ? s'énerva Evgeny. Me touchez pas !

– On va t'injecter de l'acétate de médroxyprogestérone, expliqua Collin.

– C'est quoi cette saloperie ?

– Un remède à ton problème.

– J'ai pas besoin de tes remèdes à la con !

– Ce n'est pas l'avis de notre médecin ici présent. Selon lui, un traitement inhibiteur de la libido est totalement indiqué dans ton cas.

– Qu'est-ce que c'est que ce charabia ?

– Une castration chimique, si tu préfères, répondit Collin.

– Putain, personne ne va me couper les couilles ! éructa Evgeny en tendant ses muscles à l'extrême dans l'espoir de briser ses entraves.

– L'effet est temporaire, le rassura Collin. Trois mois, et tu récupéreras ta virilité. Soit exactement la durée du petit travail que tu vas accomplir pour nous.

– Si tu me fais ça, je te bute, tu entends ? beugla Evgeny.

– C'est pour ton bien. Et ma tranquillité, soupira Collin, insensible aux menaces.

Il adressa un geste de la tête à l'homme qui tenait la seringue. L'autre immobilisa le bras d'Evgeny, tandis que le médecin piquait une veine saillante. Ce dernier appuya sur le piston, injecta la totalité du liquide contenu dans le tube et retira l'aiguille avant de tamponner le bras du Russe avec un coton imbibé d'alcool et de poser un pansement.

– Je vais tous vous crever, bande d'ordures ! hurla Evgeny.

– Tu vois, ce n'était pas grand-chose. Je suis certain que tu n'as rien senti.

Les deux hommes en blanc quittèrent la pièce, évacuant le chariot métallique. Collin attendit que la porte se referme derrière eux, puis s'avança à moins d'un mètre de distance de son prisonnier.

– J'espère que tu sauras apprécier à sa juste valeur la clémence dont je fais preuve à ton égard.Je ne te cache pas que certains membres de ma hiérarchie souhaitaient une solution plus radicale, moins humaine.

– Va chier ! fit Evgeny. Cherche pas d'excuses. Y a rien d'humain là-dedans. Tu m'as castré comme un chien.

– Mais, n'es-tu pas un chien ? questionna Collin. Enragé, qui plus est ?

– Tu veux quoi à la fin ? souffla Evgeny.

– Je te l'ai déjà dit. Que tu bosses encore pour nous pendant quelque temps.

– Quel type de boulot ? Vous avez d'autres élections ? Tu veux que je fasse monter qui sur le trône cette fois ?

– Je vais te laisser réfléchir jusqu'à demain. Et selon ta décision, je t'expliquerai précisément ce que j'attends de toi.

Collin tourna le dos à son prisonnier et se dirigea vers la porte. Evgeny sentit qu'il était en train de partir.

– Eh, attends ! Tu vas pas me laisser comme ça !

Collin marqua un temps d'arrêt.

Par deux fois il hésita à répondre, puis il finit par lancer, comme on jette une pierre dans une mare :

– J'espère que la nuit te portera conseil.

Sur ces mots définitifs qui ondulaient désormais en cercles concentriques dans l'esprit d'Evgeny, il quitta enfin la pièce. La lumière s'éteignit automatiquement derrière lui, plongeant le Russe dans la solitude et les ténèbres. Une sensation que ce dernier connaissait bien, mais qu'il ne goûtait pas pour autant. En réalité, Evgeny cherchait comme tout le monde la compassion et la lumière.

Mais à la différence de la majorité des êtres humains, il pensait pouvoir y accéder par une voie personnelle, pavée de sang et de terreur.

CHAPITRE XVI

L'appartement de William n'était pas très spacieux. Cinquante mètres carrés tout au plus. Il y régnait un fouillis aux apparences organisées. Une forme de chaos contrôlé. Quant à la décoration de l'endroit, elle était réduite à sa plus simple expression. Quelques bibelots posés çà et là sur des meubles impersonnels. Des étagères chargées de livres et poussiéreuses. Des vêtements sales empilés dans la salle de bain. Une plante verte anémique. Le tout couronné par une vague odeur de renfermé qui planait dans l'air.

Kira entra dans le salon qui ouvrait, via une baie vitrée, sur un étroit balcon depuis lequel la vue n'avait rien de paradisiaque. Elle renvoyait sur une autre barre d'immeuble.

– Dans la vraie vie, on ne se paye pas un penthouse sur Waikiki avec un salaire de flic, expliqua le lieutenant.

Kira s'étonna qu'il ait deviné ses pensées. Mais

après tout, elle n'était certainement pas la première personne à se montrer interloquée par le panorama offert depuis le salon de cet appartement. William devait avoir l'habitude.

– Fenêtre sur d'autres fenêtres, c'est assez banal comme vis-à-vis, soupira-t-elle. C'est pour ça que je déteste les villes.

– Tu serais une fille des campagnes ? s'étonna William, sceptique.

– Disons plutôt que j'aime les grands espaces désertiques, corrigea Kira.

Elle songea à l'Alaska, à ses immenses forêts, ses montagnes enneigées. Elle songea à la quiétude qui l'envahissait quand elle se perdait dans cette nature. Longtemps, Kira avait pensé que le remède à tous les maux de son existence se trouvait là. Mais, elle avait fini par comprendre que, où qu'elle soit, la violence finissait par la retrouver. Si elle voulait gagner la paix, elle devait cesser de préparer la guerre.

– Tu veux boire quelque chose ? proposa son hôte.

– De l'eau, s'il te plaît.

William disparut un instant dans la cuisine ouverte qui jouxtait le salon et réapparut avec une petite bouteille en plastique siglée Hawaiian Springs à la main.

– Elle sort du réfrigérateur.

Kira le remercia d'un sourire, dévissa le bouchon et but quelques gorgées avant de reposer la bouteille sur une table basse en fer forgé et au plateau de faïence.

– Vous avez acheté ? demanda Kira.

– Oui, il y a cinq ans. Avant que Chiyo ne décide de se lancer dans l'hôtellerie. On a visité l'appartement ensemble. Ça n'a pas été un coup de cœur, mais c'était le seul dans nos prix et pas loin de mon boulot, alors on a dit banco.

– Ça n'a pas dû être facile à gérer. Elle sur Kauai. Toi, à Honolulu.

– Je bossais la semaine et je la rejoignais pour l'aider à l'hôtel le week-end ainsi que pendant mes congés. On se manquait, c'est sûr, mais on aimait se retrouver, ajouta William en coulant un regard dans le vide.

Le chagrin l'étreignait, mais il luttait pour ne pas se laisser ronger. Kira connaissait cette stratégie. Elle en savait aussi les limites. Il arrivait toujours un moment où les digues finissaient par céder. Chaque homme, chaque femme sur cette planète avait son point de rupture.

– Je suis désolée, fit-elle.

– Tu n'y es pour rien.

– Ce n'est pas l'impression que j'ai. Depuis mon enfance, quoi que je fasse je provoque des catastrophes.

– Je crois que c'est une mauvaise impression, esquissa William comme un début de théorie.

Kira aurait aimé le contredire et lui raconter dans le détail sur quoi se fondait ce puissant sentiment. Mais elle préféra se taire, par respect pour le deuil qu'il affrontait. Et puis, elle n'aimait pas s'épancher. Geindre ne servait à rien. Se plaindre empêchait d'agir.

– C'est un collier de fleurs séchées ? demanda-t-elle en pointant du doigt un ornement accroché à un mur du salon. Il ressemble à ceux qu'on nous donne à l'aéroport quand on arrive…

– C'est un Hala lei, une couronne de fleurs de l'arbre Hala. Il est parfois utilisé pour marquer l'accomplissement du *Ho'oponopono* et la disparition des problèmes, expliqua William avec un brin de nostalgie dans la voix.

– Le *Ho'oponopono* ? articula Kira avec difficulté.

Ce terme l'intriguait autant qu'il l'amusait. Il semblait échappé du champ lexical de ces petites créatures de dessin animé jaunes en forme de pilule.

– Le *Ho'oponopono* corrige les mauvais comportements, il rétablit une bonne relation entre les membres d'une même famille et la maintient. C'est une cérémonie menée par les anciens, une sorte de purification spirituelle.

– Vous avez fait ça, avec Chiyo ?

– Oui. Vous savez, beaucoup d'Hawaïens croient

que les erreurs commises par les parents peuvent se transmettre à leurs enfants. Et que le *Ho'oponopono* remet les choses dans l'ordre...

– Tes parents ont commis des erreurs ?

– La même que beaucoup d'autres, en fait. Ils ont divorcé...

La mélodie d'une sonnette numérique retentit sur ces mots.

– C'est sûrement Jack, fit William en allant ouvrir.

Dans l'encadrement de la porte apparut un Black costaud vêtu d'une chemisette à fleurs, au cou cerclé par un collier de coquillages. Kira nota qu'il portait des tongs et s'étonna de cette étrange tenue :

– Vous vous la jouez *Deux flics à Miami* ? demanda-t-elle abruptement.

– C'est qui ? interrogea le nouveau venu.

– Une indic, mentit une fois de plus William au sujet de la jeune femme.

– Pâlotte, se contenta d'apprécier ledit Jack, avant de s'adresser de nouveau à son collègue. J'ai appris pour Chiyo, mec. Je suis vraiment navré pour toi. C'est un vrai drame ! Tout le monde dans le service est retourné par cette histoire. On te présente toutes nos condoléances...

Jack enlaça son ami dans une franche accolade qui s'éternisa et ne semblait pas du goût de William. Kira comprenait parfaitement cette pudeur des sentiments. Elle-même détestait les contacts physiques, hors ceux qu'elle provoquait, bien entendu.

– Jack, j'apprécie, mais tu m'as apporté ce que je t'ai demandé ?

– Pourquoi tu n'es pas venu directement nous voir au boulot ?

– Nous sommes passés, mais j'ai préféré ne pas t'impliquer plus que de raison aux yeux des autres. En plus les bureaux grouillaient de têtes inconnues...

– C'est le Bronx depuis qu'une patrouille a découvert cette fille coupée en morceaux sur la côte nord.

– Tu as ma « commande » ? insista William.

– C'est dans le couloir, mec. Heureusement que tu as un ascenseur parce que ça pèse !

William et Jack disparurent, ramenèrent deux cartons dans le salon et les posèrent sur le plateau de la table basse. Kira les ouvrit avec précaution et en analysa méthodiquement le contenu.

– Il manque le routeur 4G wi-fi, soupira-t-elle au bout d'une minute.

– Là. Jack sortit de l'une de ses poches de pantalon un petit boîtier. Ce machin a été le plus difficile à dégoter.

– Jack bosse au service des biens saisis, expliqua William.

– J'espère que le matos des enfoirés à qui on a confisqué leurs outils de travail vous sera utile. Mais gaffe, je dois tout remettre en place rapidement.

Kira n'écoutait pas.

Elle était en train de configurer un ordinateur portable et de l'associer avec un Smartphone dernière génération. Dans le même temps, elle vérifiait l'état de marche du routeur et son débit.

– Ça ne ressemble pas à un MacBook, fit remarquer William. C'est beaucoup plus mastoc !

– C'est du matériel durci, précisa Kira sans lever le nez. Militarisé, boîtier renforcé en alliage de magnésium, disque dur protégé et surtout puissance de calcul...

– Qui utilise ce genre de truc ?

– Dans ce cas précis, l'ordi a été saisi dans le cadre d'un trafic de cocaïne, intervint Jack. C'est triste, mais les criminels sont souvent beaucoup mieux équipés que nous. Will, tu m'expliques ce qu'il se passe ?

– Je ne peux pas, avoua ce dernier, l'air désolé. Je te promets que je partagerai dès que possible.

– Tu es sûr que tout va bien ? s'inquiéta son collègue et ami.

– Autant que la situation le permet.

– Je t'ai apporté le dossier concernant la gamine retrouvée à Waimea, annonça Jack qui n'avait pas l'air convaincu par les réponses laconiques de William. C'est plus que sordide...

– Sordide ? s'étonna William.

– Non seulement elle a été démembrée, mais le légiste a trouvé des traces de sperme.

– Elle a été violée ? interrogea William.

– Post-mortem.

– Nécrophilie ? Putain, c'est à gerber, intervint Kira.

– D'autres infos ? demanda William.

– Pour le moment on n'a pas grand-chose de plus, mais l'affaire semble extrêmement délicate...

– Pourquoi ça ?

– Le FBI s'est saisi de l'enquête en moins de trois heures, expliqua Jack.

– Trop rapide, murmura William.

– Beaucoup trop, confirma son collègue. C'est pour ça que si tu pouvais m'en dire un peu plus, mec, ça me rassurerait... Parce que pour moi, tous les signaux sont au rouge !

– Désolé, mais non, fit le lieutenant du CID.

Ce dernier savait lui aussi qu'il s'était engagé sur un chemin glissant. Et il était hors de question d'y entraîner son ami.

– Et pour les armes ? interrogea Kira, le visage collé à l'écran de l'ordinateur portable aux allures de mallette blindée.

Jack afficha un air embarrassé.

– Dans l'autre carton, vous trouverez deux pistolets Beretta 92FS calibre 9x19 Parabellum. Et des paquets de munitions. Je n'ai rien trouvé d'autre.

Facile à utiliser, complètement sûr et projetant une puissance de feu impressionnante, ce modèle convenait parfaitement à Kira. Cette arme de poing n'équipait pas pour rien l'armée américaine et les forces alliées à travers le monde. Bien sûr, elle aurait préféré un pistolet-mitrailleur type Uzi. Elle affectionnait particulièrement le tir en rafales. Plus instinctif et aléatoire. Mais pas moins destructeur.

– Tu me promets de pas faire de grabuge ? s'inquiéta Jack auprès de son ami. Tu ne caches pas une histoire de vendetta personnelle là-dessous ?

– Jack, je te demande de me faire confiance. Laisse-moi quarante-huit heures, OK ?

– OK, mais dans quarante-huit heures, tu rentres dans le rang, mec.

– Check, fit William en frappant du poing celui de son ami. Merci...

– Tu n'as pas à me remercier, mec. Tu as été là quand les Affaires internes ont enquêté sur moi juste après mon divorce. Tu ne m'as pas lâché et ça, j'oublierai jamais, mec. Sans toi, jamais j'aurais pu prouver que l'usage que j'avais fait de mon arme était conforme au règlement. Même si certains gestes que j'avais faits avant ne l'étaient pas. Oui, je me suis rendu seul sur les lieux. Non, je n'ai pas appelé de renforts. Mais je ne suis pas un putain de cow-boy ! J'ai riposté, point barre. J'avais l'esprit embrouillé par ma séparation d'avec Sheila...

– Je sais, Jack.

Dans cette affaire, Jack avait abattu, lors d'une descente en solo, un dealer de 17 ans qui l'avait menacé d'une arme – réelle mais au chargeur vide. Il avait sauvé sa tête grâce au faux témoignage de William, mais au prix d'une affectation dans un autre bureau.

– Je sais, répéta William comme un mantra.

Ces mots furent suivis d'un intense échange de regard, marqueur d'une solide confiance. Puis Jack adressa un signe d'adieu à Kira et s'éclipsa en silence, laissant le duo improbable préparer l'offensive contre un ennemi invisible. Pour l'instant tapi dans l'ombre. Mais qu'ils comptaient bien débusquer.

***

Le corps et l'esprit de Kira étaient tendus. Pareils à la corde d'un arc prêt à décocher une flèche. À chaque fois qu'elle s'immergeait dans les méandres du Web, c'était la même chose. Tout en elle se raidissait, se contractait pour expulser plus de matière cérébrale, plus d'intelligence vers sa cible.

Et l'atteindre.

William, assis à côté d'elle, n'osait pas dire un mot. Il se contentait d'observer ce qui s'apparentait à un rituel, mais qui en fait était surtout une parfaite communion entre deux mondes : le réel et l'autre.

De fenêtre en fenêtre, Kira évoluait avec aisance dans le virtuel, aidé par un microprocesseur enfin à la hauteur de ses compétences. Pourtant, cette navigation ne lui apportait aucune satisfaction. Elle devait mettre un nom sur la photo retrouvée dans le serveur de la vidéo-sécurité du centre commercial. Et elle ne connaissait qu'une seule façon de renseigner cette identité en un temps record. Malheureusement, c'était la dernière chose que Kira voulait faire car cela impliquait de rétablir le contact avec une organisation qu'elle fuyait depuis presque un an.

– Fait chier, souffla-t-elle soudain.

– Quoi ? fit William, prêt à aider.

– Je tourne en rond comme une bête en cage.

– Je peux demander à quelqu'un de mon service d'identifier ce type.

– Avec le FBI dans les parages ? rétorqua Kira, balayant de fait cette option.

– Je suis à court d'idées, avoua William, un peu désespéré.

– J'ai dit que je tournais en rond, pas que je n'avais pas la solution, ajouta Kira sur un ton désagréable.

– J'ai fait quelque chose qui t'a froissé ? s'enquit William face à son agressivité subite.

– Non, fit Kira. Je suis fatiguée, excuse-moi.

– C'est rien.

– En fait, je connais quelqu'un qui pourrait nous aider.

– Alors tout va bien, se réjouit William.

– Pas vraiment.

– Je ne te suis pas.

Kira toucha son nez, à la recherche du piercing en forme de pentacle. Puis, elle se souvint qu'elle ne le portait pas et esquissa une grimace. Ce tic l'agaçait. Elle avait pensé que sa psychanalyse l'en débarrasserait. Mais il n'y avait rien à faire...

– C'est mon ancien employeur, finit-elle par lâcher, comme on se débarrasse d'un poids.

– Et ça s'est mal fini entre vous, j'imagine ?

– On peut dire ça.

– Qui est-ce ?

Kira hésita à répondre. Pouvait-elle tout dire à William ? Elle ne le connaissait que depuis peu. Certes, son instinct lui disait qu'il était un type bien et qu'il appartenait vraisemblablement à la catégorie des gentils. Mais de là à lui livrer ses secrets...

– Le dirigeant d'une organisation secrète baptisée Arkangel, se décida-t-elle finalement à lui confier.

William encaissa la révélation, sans savoir comment l'interpréter. Était-ce de l'humour ? La vérité ? Avait-il affaire à une mythomane ?

– C'est quoi Arkangel ? risqua-t-il.

– Arkangel m'a enlevée quand j'étais enfant.

Ils ont fait de moi ce que je suis aujourd'hui. J'ai accompli un certain nombre de missions pour leur compte.

– Des missions ?

– Arkangel lutte contre toutes les nouvelles formes de criminalité, notamment cybernétique.

– D'où tes capacités en la matière, en conclut William.

– Ils m'ont permis de me perfectionner dans de nombreux domaines, confirma Kira de manière elliptique.

– Si Arkangel t'a enlevée, ils sont du côté des méchants, non ?

– J'ai grandi dans un orphelinat roumain, une *casa de copii*, expliqua Kira. Ce pays est le seul au monde à avoir officiellement encouragé l'abandon d'enfants. Son dirigeant de l'époque, Ceausescu, a institué cette politique dans les années 1970. Ces orphelinats étaient des mouroirs insalubres où les enfants étaient livrés à eux-mêmes et à des adultes qui les martyrisaient...

– C'est terrible, souffla William, touché par cette révélation.

– Le plus dur, c'est qu'aujourd'hui encore je reste hantée par des questions sans réponses, par les zones d'ombre qui entourent ma naissance. J'ai besoin de comprendre les raisons de mon abandon. Je veux savoir comment s'est passée cette séparation avec mes parents biologiques. Ai-je été seulement un jour nourrie, soignée, entourée de tendresse, d'attention, d'amour ?

– Et Arkangel n'a fait qu'ajouter à ta détresse...

– Arkangel m'a sortie de cet enfer... Je ne peux le leur reprocher. Mais je n'ai pas pour autant accédé au Paradis.

– Tu es tombée de Charybde en Scylla.

– D'un monstre à l'autre, oui, on peut dire ça, acquiesça-t-elle. Et je m'apprête à en réveiller un qui dormait depuis longtemps.

– Mais cette fois, tu ne seras pas seule pour le maîtriser, chercha à la réconforter William.

Kira ne lui dit pas que son aide, si généreuse et désintéressée soit-elle, ne pèserait pas lourd face à Arkangel. Elle se concentra, fit craquer ses phalanges et se connecta à un site sécurisé en alphabet cyrillique.

– Tu comprends le russe ?

– Entre autres, répondit Kira en pianotant sur le clavier rétro-éclairé.

William se demanda quelles ressources Kira dissimulait encore sous ses aspects de jeune femme fragile. Elle ne laissait pas de l'étonner. Et chaque heure passée en sa compagnie lui donnait un peu plus d'épaisseur. Il commençait à la cerner, à sentir ses forces et ses faiblesses. Des lignes de fractures se dessinaient, la rendant plus humaine. Trop humaine.

– Voilà, fit Kira en se déconnectant. Il va rappeler.

– Qui ça ? Le dirigeant d'Arkangel ?

– On peut dire ça.

– Explique-moi.

– Arkangel est une idée. Et les idées sont éternelles. Elles survivent à ceux qui les ont insufflées. Arkangel n'a pas vraiment de dirigeant. Quand une de ses têtes tombe, une autre repousse…

– L'hydre à présent, souffla William. On va passer en revue l'intégralité du bestiaire mythologique ?

Kira s'apprêtait à lui répondre quand son nouveau Smartphone se mit à vibrer. Durant une fraction de seconde, elle regarda l'écran qui affichait : « Appel inconnu ». Puis elle décrocha.

– Kira, s'identifia-t-elle à l'intention d'un logiciel de reconnaissance vocale. J'ai besoin d'un appui. Une identification à partir de la photographie uploadée sur le site. Oui, je suis à Honolulu. Bien, je serai au rendez-vous.

Elle raccrocha, l'air préoccupé.

– Ils vont nous aider ? demanda William.

Kira acquiesça d'un mouvement de la tête.

– On aura la réponse dans quelques minutes, soupira-t-elle en se levant.

– Je suppose que ce n'est pas gratuit.

– Rien n'est gratuit en ce monde, confirma Kira. Encore moins dans l'autre. Je peux prendre une douche ?

– Bien sûr.

Kira se dénuda dans le salon, sans pudeur. William voulut protester, mais il savait que ça ne changerait rien. Cette fille n'obéissait pas aux lois de la civilisation mais à celles de la nature. Il y avait du païen en elle. Il voulut détourner le regard, mais un tatouage coloré sur le dos de Kira l'en empêcha. La finesse du dessin et l'harmonie des couleurs frémissaient de vie sur la peau de la jeune femme. Hypnotisé, il crut un instant que la créature d'encre allait s'animer et se jeter sur lui. Consciente d'être regardée, Kira se retourna, offrant à la vue de William un second tatouage.

– L'archange sur le ventre, la matrice. Le dragon dans le dos, comme toujours l'ennemi, murmura-t-elle avant de se diriger vers la salle de bain.

– Euh, ne fais pas attention au linge qui traîne, bredouilla William, un peu secoué par cette vision mélangeant Eros et Thanatos, pulsion de vie et pulsion de mort.

*
**

Kira sortit de la salle de bain les cheveux mouillés, une serviette autour de la poitrine. Ses pieds humides marquaient le sol. Mais ses empreintes s'évaporaient presque instantanément sous la chaleur qui entrait par la baie ouverte du salon. Elle laissa tomber la serviette et se rhabilla. Cette fois, William, assis dans le canapé, détourna aussitôt le regard. Sans un mot, Kira s'assit à côté de lui et consulta la messagerie sécurisée qu'elle avait installée sur l'ordinateur portable durci. Elle cliqua sur le seul message présent et téléchargea un fichier joint qui s'ouvrit automatiquement.

– Evgeny Viktorovitch Antonov, lut-elle. Trente-trois ans...

– L'âge du Christ à sa crucifixion, l'interrompit son voisin.

– Originaire de Mourmansk, poursuivit Kira. Il aime les chats du Bengale, les imprimés léopard et la coke...

– C'est notre homme ? demanda William avec empressement.

– Il est accusé d'avoir participé à des activités de racket et d'avoir mis en place un réseau de *ransomwares*[18] dont le butin s'élèverait à cinquante millions de dollars, de complot en vue de violer le *Computer Fraud and Abuse Act*, de complot en vue de violer la loi sur l'usurpation d'identité, de vol d'identité aggravé, de conspiration, de fraude informatique, de fraude électronique, de blanchiment d'argent et de complot pour commettre une fraude bancaire, énuméra Kira.

18. Logiciel malveillant prenant en otage des données personnelles.

– Un beau pedigree, siffla William.

– Ce hacker russe est manifestement le cybercriminel le plus recherché au monde. Le FBI l'accuse d'être à l'origine du *botnet* GameOverZeus, qui aurait infecté plus d'un million d'ordinateurs et permis le vol de près de cent millions de dollars, poursuivit Kira.

– Un *botnet* ?

– Un groupe d'ordinateurs infectés par un *malware*[19]. Les pirates utilisent les *botnets* pour diffuser d'autres virus, expliqua doctement Kira avant de reprendre sa lecture : la dernière fois qu'il a été vu c'était en 2013 à Anapa, une station balnéaire au bord de la mer Noire dans le sud de la Russie. Il disparaît totalement en 2015 alors que sa tête est mise à prix par le FBI à hauteur de quatre millions de dollars.

– Il se serait réfugié ici, dans la gueule du loup ? s'étonna William.

– Effectivement, compte tenu de son profil, il aurait été plus probable qu'il soit récupéré par le FSB.

– Le renseignement russe ?

Kira acquiesça d'un hochement de tête.

– Un hacker russe qui, au plus fort de sa carrière, a contrôlé jusqu'à un million d'ordinateurs dans le monde et notamment aux États-Unis, qui a collecté

19. Logiciel malveillant.

une masse de données colossale, sans parler de sa connaissance des failles qu'il a exploitées, intéresse forcément l'Intelligence de son pays, répondit Kira.

– Mais alors, que fabrique ce hacker psychopathe ici ?

– Arkangel ne semble pas avoir de réponse sur ce sujet. Et pour l'instant, moi non plus, admit Kira en fixant la photo d'Evgeny comme on essaye de décrypter un code secret.

Elle bailla sans retenue en étirant ses bras au-dessus d'elle.

– J'ai besoin de dormir. Tout s'embrouille...

– Prends le lit dans ma chambre, proposa William en se levant.

– Le canapé fera l'affaire.

– Tu es sûre ?

– Sûre, confirma Kira.

Elle s'allongea, colla une joue contre un coussin et s'endormit aussitôt.

CHAPITRE XVII

Collin Prat ôta sans ménagement la cagoule d'Evgeny, libérant un visage bouffi par la fatigue et l'inconfort. Aveuglé par la lumière artificielle qui baignait sa geôle high-tech, le Russe ferma les yeux et grogna méchamment.

– Je t'ai apporté un café, annonça Collin sur un ton faussement doucereux.

Les paupières d'Evgeny se soulevèrent avec peine. Dans son champ de vision altéré, il aperçut les contours d'un gobelet en carton posé sur la table face à lui.

– Du jus de chaussette américain ? demanda-t-il du bout de ses lèvres gercées par le manque d'hydratation.

– Comme tu l'aimes, confirma Collin.

Evgeny esquissa un pâle sourire et rejeta sa tête ronde en arrière dans un craquement de vertèbres. Avant de la faire retomber sur le gobelet.

– Si tu ne me libères pas, il me sera difficile de boire...

– Tu as tout compris, se félicita Collin.

– Compris quoi ?

– As-tu réfléchi ?

– Pas qu'un peu. Difficile de dormir dans cette position. Alors j'ai cogité et imaginé au moins trente façons de te faire la peau, figure-toi. Tu veux la liste ?

– Restons professionnels, s'il te plaît.

– Alors putain, dis-moi ce que tu veux.

– Je peux te faire confiance ?

– Non.

– Ta franchise t'honore.

Collin se frotta les mains pour les assécher, puis détacha son prisonnier. Ce dernier expira bruyamment de satisfaction et se leva afin de dégourdir ses membres endoloris par la station assise prolongée. Collin le regardait faire, la main droite prête à dégainer l'arme qui reposait dans le holster sous sa veste. Après quelques secondes d'étirements, Evgeny boxa l'air climatisé comme s'il était sur un ring imaginaire, puis se jeta sur le gobelet et en but le contenu en quelques gorgées.

– J'ai la dalle ! éructa-t-il.

– Les donuts arrivent, grimaça Collin. Maintenant, je veux que tu m'écoutes attentivement.

– Le ventre vide, ça va être compliqué.

– Assieds-toi et concentre-toi, intima Collin.

Le Russe s'exécuta en baragouinant dans sa

langue natale ce qui ressemblait à des jurons particulièrement grossiers.

– Tu as fait du bon boulot l'an dernier. On ne revient pas là-dessus.

– Compte tenu des derniers bulletins d'informations, pas sûr que vous ayez misé sur le bon cheval, se moqua Evgeny.

– Parfois, le bon cheval ressemble à un tocard. Personne ne parie sur lui, mais il gagne la course avec la plus grosse cote.

– L'outsider ne gagne souvent que quand les dés sont pipés, ajouta Evgeny.

– Organiser les jeux fait partie de ma mission.

– En fait, ce n'était qu'une histoire de pognon. Ce que tes amis et toi vouliez, c'est un pantin au service de vos intérêts financiers.

– Des intérêts de la nation, corrigea Collin.

– Foutaises, balaya Evgeny. En fait, le vrai killer, c'est toi. Mais contrairement à moi, toi tu es légitimé par ton putain de gouvernement qui s'imagine que tu défends la démocratie.

– Je ne tue personne, objecta Collin.

– Pas directement.

– Revenons à l'essentiel si ça ne te dérange pas, réorienta Collin. Nous avons besoin d'infléchir l'opinion, massivement et rapidement.

– Ces choses-là ne se font pas en un claquement de doigts. Je ne suis pas le magicien d'Oz, Dorothy !

– Nous avons ici les ressources nécessaires pour t'épauler dans cette tâche, expliqua Collin.

– Je n'en doute pas. Vu le pognon que vous avez mis dans ce programme !

– J'aimerais vraiment que tu te montres un peu plus coopératif. Et que tu cesses de te comporter comme un gosse. C'est possible ?

Le visage d'Evgeny se ferma subitement, masquant toute émotion. Il planta son regard comme un couteau dans celui de Collin. Les deux hommes se jaugèrent quelques secondes, puis Collin baissa les yeux, las de ce petit jeu. Evgeny ne l'impressionnait pas. Il n'était qu'un vulgaire tueur en série, rien de plus. Et sans ses compétences informatiques, ce sociopathe aurait grillé depuis longtemps sur une chaise électrique.

– À la fin de cette opération, vous me libérez, vous m'accordez la citoyenneté américaine et je veux trente millions de plus, énonça abruptement Evgeny avec l'aplomb du joueur de poker qui possède un carré d'as.

– Je ne peux m'engager sur ta naturalisation.

– Demande au type qui me doit sa place !

– Impossible.

– Alors *fuck* ! lança Evgeny, le majeur dressé.

– Il existe une autre option...

– Genre un plan B ?

Collin plongea les mains dans les poches de son

pantalon et afficha un air faussement décontracté.

– Mes homologues du FSB donneraient cher pour te récupérer. Ils n'ont pas du tout apprécié que tu leur files entre les pattes pour venir te réfugier dans les nôtres. Après tout ce qu'ils ont fait pour toi, je peux comprendre… Deux appartements à Moscou, une belle collection de voitures de sport, sans parler du yacht avec lequel tu faisais tes petites virées sauvages en Crimée…

– C'est une menace ? s'inquiéta Evgeny.

– Une possibilité, corrigea son interlocuteur, sourire aux lèvres.

– Je ne veux pas retourner en Russie. Ce pays me déprime.

– Tu y es né, pourtant.

– Eh bien, je ne veux pas y mourir.

– Donc nous sommes d'accord ?

Evgeny simula un instant de réflexion. En réalité, il était acculé et ne le mesurait que trop bien. Il décida donc de signer un nouveau pacte avec le diable. Après tout, son âme ne valait plus rien.

– Nous sommes d'accord, finit-il par lâcher du bout des lèvres.

– Bien, se félicita Collin. Tu as mérité tes donuts !

Parfaitement synchronisée avec son supérieur, Britney entra dans la pièce. L'analyste tenait dans ses mains un carton siglé « Dunkin' Donuts » dans lequel reposaient six beignets aux saveurs panachées.

– Quand tu auras mangé et pris une douche, nous pourrons commencer à travailler, reprit-il avant de quitter la pièce et de céder la place à deux agents de sécurité.

Britney lui emboîta le pas.

***

Collin Prat tomba sa veste et la posa négligemment sur le dossier d'une chaise. Puis il fit face à un vaste mur d'écrans plats sur lesquels défilaient des pages Facebook, Tweeter et de nombreux autres réseaux sociaux.

Ce mur incarnait l'apogée d'une bureaucratie née durant l'ère Reagan sous l'impulsion de Walter Raymond Jr., un spécialiste des opérations secrètes de la CIA. Ce dernier avait décidé de renforcer la propagande et les psyops, les opérations psychologiques aux fins d'affaiblir les adversaires des États-Unis. Et de s'assurer que l'opinion publique à l'intérieur du pays soutiendrait pleinement la politique étrangère.

Aujourd'hui, on parlait plus volontiers de MISO, *Military Information Support Operations.* La mauvaise presse faite au psyops avait en effet contraint le Pentagone à requalifier l'acronyme, devenu synonyme de manipulation de masses.

Volontiers passéiste, Collin mettait un point

d'honneur à user de l'ancienne terminologie.

Abreuvé d'images, repu, il se retourna sur la vaste salle où travaillait une véritable ruche composée de professeurs en sociologie, de chercheurs en psychologie, d'informaticiens, de mathématiciens, d'experts en relations publiques, et même de réalisateurs de télévision expérimentés. Tous étaient placés sous l'autorité d'instructeurs appartenant à l'unité dirigée par Collin.

Ici, cette communauté disposait de plus de vingt mille mètres carrés d'espace souterrain à l'épreuve des bombes, un gigantesque bunker construit en réponse à l'attaque de Pearl Harbor de 1941. Et depuis 2012, grâce à quatre cent cinquante millions de dollars de travaux, le Tunnel, comme on le surnommait, était devenu l'une des plaques tournantes de l'interception des signaux électroniques mondiaux les plus performantes. La sécurité intérieure des États-Unis n'avait plus de prix depuis les attentats du 11 septembre.

– Britney, quand notre ami russe ressemblera de nouveau à un être humain, donnez-lui des vêtements propres et conduisez-le jusqu'à la salle de crise, ordonna Collin.

– Bien, monsieur, répondit l'analyste qui se tenait en léger retrait derrière lui.

– Autre chose, je veux qu'on renforce les protocoles de sécurité. Pas question qu'on commence quoi que ce soit avec le risque d'un nouveau Snowden[20].

L'analyste consigna les instructions sur sa tablette numérique.

– Doit-on baptiser cette nouvelle opération ?

– *Trust*[21], répondit Collin après quelques secondes de réflexion.

Britney enregistra l'information, puis s'adressa une nouvelle fois à son supérieur :

– Un dernier point, monsieur, Ryan a essayé de vous joindre à plusieurs reprises.

– Que veut-il ?

– Il a dit que c'était urgent et en lien avec le témoin.

Les traits de Collin se crispèrent.

– Je le rappelle immédiatement.

*
**

Isolé dans une salle spécialement conçue pour les situations de crise, Collin composa un numéro sur un téléphone sécurisé. Il régula son rythme cardiaque qui s'était accéléré suite à l'inquiétude provoquée par l'appel du chef du commando Delta. *Pas question de perdre le contrôle*, songea-t-il.

20. En 2013, le lanceur d'alerte Edward Snowden a exfiltré du Hawaii Cryptologic Center une masse considérable d'informations.

21. Confiance.

– Ryan ?

– *Nous sommes confrontés à un événement imprévu.*

Ce que Collin traduisit immédiatement en langage courant par : « Nous sommes dans une merde noire. »

– J'écoute.

– *Le témoin de Kauai n'est pas mort.*

– Comment ça ?

– *Nous étions en train de régler le problème de la deuxième victime retrouvée par la police près de Waimea avec les types du FBI, quand l'un de mes hommes m'a informé qu'il avait repéré la fille. Elle était en compagnie d'un homme qu'il n'a pas pu identifier.*

– Eh merde, je croyais que c'était réglé, s'agaça Collin.

– *L'hôtel où elle séjournait a bien été détruit,* confirma Ryan qui n'avait jamais dit autre chose.

– Où est-elle ?

– *Nous travaillons à la localiser.*

– Prévenez-moi quand vous l'aurez retrouvée.

– *Quels sont les ordres ?*

Collin sentit son cœur cogner contre sa poitrine. Il songea qu'il devait se remettre au squash. Il ne pouvait pas se permettre autant d'arythmie. Surtout pas en ce moment.

– Trouvez-la et neutralisez-la.

– *Bien, monsieur*, confirma Ryan.

Collin raccrocha d'une main légèrement tremblante.

Il se concentra et ordonna à son corps de se tenir tranquille.

Rien ne devait venir perturber le fragile équilibre de cette opération délicate. Il savait d'expérience que l'échec se trouvait toujours dans le détail. Il ne devait rien négliger, surtout pas sa forme physique. Il en était à ce point de sa réflexion quand Evgeny entra dans la pièce sécurisée. Le Russe était encadré par deux agents, mais libre de ses mouvements.

– Me voilà de retour dans la place ! triompha-t-il.

Collin avisa sa tenue vestimentaire, baskets, jean et chemisette unie bleue. Ainsi accoutré, il avait presque figure humaine malgré son embonpoint.

– Il faudra penser à maigrir, souffla Collin. Tu commences à ressembler à un Américain de base.

– Je t'emmerde, répliqua Evgeny.

– Tu vas travailler en équipe, annonça Collin.

– *No way !* Je préfère bosser en solo.

– Hors de question, asséna Collin, pas d'humeur à transiger.

– Comme tu voudras.

– Il s'agit d'une opération d'*astroturfing* d'une ampleur inédite. Tu vas avoir besoin d'être épaulé sur ce coup-là.

Et surveillé, ajouta-t-il mentalement.

– OK, tu me demandes donc de simuler une activité ou une initiative qui serait issue du peuple, mais qui sera en réalité montée de toutes pièces par nos soins pour influer sur l'opinion. *Easy, man...*

– Rien à voir avec la dernière fois, l'interrompit Collin. Cette fois, on change d'échelle.

– À quel niveau ?

– Disons que je parle de plusieurs dizaines de milliers d'identités, créées spécialement pour l'opération et destinées à mettre en scène des phénomènes de foule dans un environnement tel que Facebook. De façon à influencer la perception des utilisateurs.

Evgeny siffla à plusieurs reprises, puis applaudit à tout rompre en affichant un sourire naturel. Visiblement, l'ambition de Collin l'impressionnait. Il y voyait sans aucun doute un challenge à la hauteur de son génie.

– On cible qui ? La Syrie, la Tchétchénie, l'Iran ? Ces enfoirés de Tchétchènes, ça me ferait plaisir...

Evgeny n'obtint pour toute réponse de la part de Collin qu'un long silence éloquent.

– Oh merde, on remet le couvert chez toi ! s'exclama Evgeny. Alors là, tu m'épates ! Je n'aurais jamais imaginé que tu me demandes ça une deuxième fois ! T'es plus imprévisible que tu en as l'air. Presque plus vicieux que moi, putain ! Respect !

– L'opération Trust commence dans une heure.

Tu seras placé sous la responsabilité d'Eleanor Kovac, notre spécialiste des algorithmes.

– Elle est bonne ?

– Ferme-là, fit Collin sur un ton cinglant.

– OK, OK. Relax, répondit Evgeny avec son accent guttural. De toute façon, ton produit commence à faire effet. Je bande plus.

– Je te préviens. Si tu pètes de travers, je te parachute au FSB. Si tu fais une vanne de trop, je te parachute au FSB. Si tu rechignes à l'ouvrage...

– Tu me parachutes au FSB, compléta Evgeny. C'est bon, n'en rajoute pas. Je crois que j'ai pigé le sens de ta ritournelle.

– Tu bosses dix heures par jour. Tu bouffes à la cafétéria avec ton équipe. Tu dors ici. J'ai fait aménager un espace à cet effet. Tu y trouveras de quoi te changer régulièrement, des affaires de toilettes, et un ordinateur sans accès Internet.

– Pas de sortie, je présume ?

– Pas de sortie, confirma Collin.

– Fait chier.

– Et maintenant, au boulot !

CHAPITRE XVIII

Un léger bruit réveilla Kira, lovée dans le canapé de l'appartement de William. Elle se déplia lentement, bâilla puis adopta une position assise. Elle se frotta les paupières, bâilla de nouveau et constata qu'il faisait encore jour. Elle se demanda combien de temps avait duré son sommeil et consulta l'horloge numérique de l'ordinateur posé sur la table basse.

À peine deux heures, autant dire une sieste, pensa-t-elle. Le bruit qui l'avait réveillée résonna à nouveau. Il émanait de l'ordinateur. Kira savait ce qu'il signifiait. Elle se logua au site sécurisé d'Arkangel et consulta sa messagerie dédiée. Elle venait de recevoir un message contenant un fichier qu'elle s'empressa de décompresser et d'ouvrir. Elle parcourut rapidement la succession de pages et de photos qu'il contenait.

– Tu es déjà réveillée ? demanda William en apparaissant dans le salon, chemise froissée et cheveux en bataille. Je crois que je me suis assoupi…

– Je viens de recevoir des infos.

– De ton ex-employeur ?

– Apparemment, Evgeny Antonov roule pour les États-Unis.

– Quoi ? fit William en rejoignant prestement Kira et en s'asseyant à ses côtés.

– Il aurait été retourné en 2015 par un certain Collin Prat.

– Ce nom ne me dit rien, avoua William.

– Pas étonnant, souffla Kira. Ce type ressemble à un personnage sorti d'un roman de John LeCarré. Un marionnettiste de l'ombre qui a manifestement fait tout son possible pour éviter d'attirer l'attention du public. Sur les quelques photos fournies par Arkangel, il est toujours assis au milieu de groupes, partiellement caché par d'autres personnes...

– Il fait quoi ce Collin Prat ? FBI ? CIA ?

– Pire, NSA... La CIA est une façade pour ce type...

– Ouch, c'est du lourd !

– Il a été directeur adjoint de la Direction « Information Assurance » et a travaillé dans des équipes chargées de l'antiterrorisme à la NSA. Et si j'en crois ce que je lis, il dirigerait aujourd'hui l'unité TAO tout en bossant pour la CIA.

– TAO ?

– Une unité créée en 1997, au tout début de l'Internet grand public, expliqua Kira. La composante la plus importante de la SID, la *Direction Signal Intelligence.* Sa mission est de collecter du renseignement en s'introduisant dans les réseaux informatiques de cibles étrangères, pour y voler des informations sensibles ou mettre sur écoute leurs communications. En 2007, TAO aurait notamment pris part à des opérations en Irak en aidant à identifier et localiser une centaine de cellules d'insurgés irakiens et d'Al-Qaïda. Plus récemment, en 2010, lors de l'opération « Flatliquid », l'unité TAO du Texas aurait infiltré les serveurs de messagerie du gouvernement mexicain et réussi à accéder au compte e-mail du président Felipe Calderon. Ces mecs-là ne sont pas des guignols...

– Dans ta bouche, ça fait peur, souffla William.

– J'ai entendu parler de la TAO à plusieurs reprises, mais j'ai longtemps pensé qu'il ne s'agissait que d'un délire conspirationniste de plus.

– Comme celui des lézards extraterrestres ?

– Non, ça c'est vrai, plaisanta Kira. Bush en était un et je me demande si le nouveau n'a pas un cerveau reptilien surdéveloppé !

William sourit à cet humour salvateur qui désamorçait un peu l'aspect dramatique de la situation.

– Tes anciens employeurs ont l'air redoutablement efficaces.

Si tu savais à quel point, pensa Kira.

– Une seule question reste sans réponse,

soupira-t-elle. Pourquoi le TAO a recruté un hacker russe ? Psycho de surcroît !

William acquiesça d'un hochement de tête et se mit à réfléchir. Le mot NSA tournoyait dans son esprit comme une mouette au-dessus d'un chalutier. Il essayait de le relier à quelque chose de concret. En temps normal, il était plutôt cognitif. Mais depuis la mort de Chiyo, ses meilleurs réflexes semblaient l'avoir quitté.

Pendant ce temps, Kira approfondissait sa lecture du dossier envoyé par Arkangel, qui ressemblait en version light à un *leak*[22] façon *Panama papers*[23]. Collin Prat y apparaissait comme le maître d'œuvre d'un vaste chantier gouvernemental secret lié à la cyberguerre. Articles du journal hebdomadaire allemand *Der Spiegel* et de *BusinessWeek*, documents classifiés et mémos confidentiels composaient un ensemble hétéroclite au premier coup d'œil, mais qui, après une étude un peu plus fouillée, s'avérait former une petite bombe médiatique potentielle. Kira savait qu'Arkangel ne faisait jamais rien au hasard. Il y avait donc un fil à tirer dans cette masse d'informations, mais lequel ?

– J'ai trouvé ! s'exclama soudain William.

22. Fuite.

23. Les *Panama Papers* désignent la fuite de plus de 11,5 millions de documents confidentiels issus du cabinet d'avocats panaméen Mossack Fonseca.

Kira se figea dans l'attente de ses révélations.

– Il y a une base de la NSA sur Oahu. Un ancien complexe souterrain construit en 1942, pendant la Seconde Guerre mondiale, après l'attaque sur Pearl Harbor. Sur le terrain de la Wheeler Army Airfield, une base aérienne de l'US Army qui a joué un rôle historique lors de l'attaque japonaise. C'est de là qu'ont décollé les seuls avions capables de riposter face à l'offensive nipponne. Mon père y a bossé toute la fin de sa vie comme agent de maintenance. Il appelait cet endroit « Le Trou »... J'y suis même allé quand j'étais gamin...

Kira vérifia aussitôt dans le dossier s'il existait une occurrence en relation avec cette information. Elle trouva un plan détaillé du site marqué du sceau « Confidentiel ». Et de celui d'un autre site baptisé HCC.

– Manifestement, les activités de la NSA ont été déplacées dans un bled nommé Wahiawa en 2012. Dans des bâtiments de surface plus modernes.

– Ce qui ne veut pas dire que « Le Trou » n'est plus en activité, fit remarquer William.

– Yep... Je dirais même que ce « trou » présente toutes les caractéristiques d'une base secrète, soi-disant désaffectée pour mieux être redéployée, confirma Kira en détaillant les plans du complexe souterrain.

– Tout ça paraît énorme, souffla William comme

soudainement dépassé par les événements.

– La vérité est un iceberg qui flotte sur un océan de mensonges. Ce qui veut dire que 90 % de son volume est sous la surface de l'eau.

– Il faut donc plonger pour la voir, c'est ça ?

– Une méthode parmi d'autres, acquiesça Kira.

– C'est ça que tu faisais pour Arkangel ?

– Moins tu en sauras, mieux tu te porteras.

Une réplique tout droit sortie d'un mauvais thriller, mais qui avait le mérite, en une économie de mots, de parfaitement poser les enjeux.

– Je pense le contraire.

– Eh bien, tu te trompes.

William n'insista pas et battit temporairement en retraite.

Le blindage de l'armure psychologique de Kira était décidément très difficile à percer. L'orpheline avait dû construire de solides défenses pour résister à l'horreur sans nom de son passé. Et cela n'avait rien d'étonnant.

– Tu penses que ce fumier est là-bas ? demanda-t-il.

– Il n'y a qu'un moyen de s'en assurer.

*
**

– C'est de la folie ! s'exclama William.

Kira venait de lui expliquer son plan dans le détail.

– Je dirais plutôt que c'est un avantage sur notre adversaire. Tactiquement, personne ne s'attend à un acte qu'il juge impossible. Les exemples historiques ne manquent pas. Les blindés du IIIe Reich qui déboulent en France en franchissant les Ardennes. Ou les Japonais qui attaquent par surprise la principale base américaine dans le Pacifique...

– Nous ne disposons pas d'une armée, objecta William.

– Ce qui ajoutera à la surprise, s'enthousiasma Kira.

– Tu es bien consciente que nous sommes en train d'évoquer l'attaque d'une base appartenant à un organisme gouvernemental du département de la Défense ?

Kira haussa les épaules. À ses yeux, un site de la NSA n'était pas plus impressionnant qu'une ferme de serveurs ou qu'un *data center* bunkerisé. Les défenses étaient installées pour être contournées. Les forteresses étaient construites pour se faire prendre d'assaut. Même Massada avait fini par être conquise par les Romains.

En tant que hackeuse, Kira avait appris qu'aucune place réelle ou virtuelle n'était inexpugnable. Elle aurait aimé partager quelques-unes de ses expériences avec William, mais le temps leur manquait. Et puis, mieux valait peut-être le préserver. Il avait déjà perdu sa femme dans cette histoire. Elle ne voulait pas le fragiliser davantage. Ce que Kira ignorait, c'est que cette tragédie agissait en William comme un puissant moteur. Curieusement, il ne lui était pas apparu que ce dernier n'avait plus rien à perdre. Et donc que plus rien n'était en mesure de l'atteindre.

– Je vais m'infiltrer en douceur, expliqua Kira. Une fois à l'intérieur, je passe en mode furtif, je gagne les serveurs et je m'y connecte. Rien de bien compliqué. Ensuite, il ne me restera qu'à me plugger sur le réseau de vidéosurveillance et à dénicher cet Antonov.

– À t'écouter, on a l'impression que ça va être une partie de plaisir !

– J'ai connu plus difficile, le rassura Kira en poussant l'analyse du plan numérisé.

– Et tu comptes t'y prendre comment pour pénétrer dans ce site ultrasécurisé ?

– Tout d'abord, je dois me créer un sésame, répondit Kira. Je pourrais cracker le site de la NSA et m'en fabriquer un à partir des données recueillies. Mais on ne dispose pas d'assez de temps. La meilleure solution est d'en subtiliser un vrai.

– Pardon ? s'étouffa William.

– Les badges d'entrée dans des locaux sont souvent des cartes RFID de type Mifare 1K. Ça se commande en express sur le Net chinois... Avec une version neutre, on peut cloner une carte existante à l'aide d'un lecteur/encodeur RFID.

– Et comment tu comptes te procurer un badge original ?

– On en subtilisera un. Il suffit de trouver le quidam à qui on va jouer ce tour. Qui dit base militaire, dit bar à proximité. En quelques minutes, c'est réglé...

– Évidemment, souffla William.

Avec Kira, tout ce qui lui apparaissait compliqué ou incompréhensible dans sa vie d'avant devenait naturel et fluide. Rien, ni personne ne semblait en mesure d'arrêter cette furie moderne quand elle avait décidé d'un chemin. Il se prit à l'admirer. Quelque part, elle lui rappelait Chiyo, qui n'avait jamais baissé les bras avec l'hôtel. Aucun coup dur, aucune pression de la banque ne l'avait déviée de son objectif. Oui, Kira ressemblait à Chiyo. Alors, s'il avait une chance de venger la mort de sa femme, c'était bien avec elle.

– Le plus compliqué sera d'accéder aux serveurs, poursuivit-elle. D'après le plan, ils sont situés loin de l'entrée, dans une salle blanche aménagée quasiment à l'autre bout du complexe. Et pour couronner le tout, leur accès semble verrouillé par une série de sas. Mais il y a peut-être une autre voie... Les serveurs dégagent beaucoup de chaleur. Il faut les refroidir constamment. Je pourrais me faufiler par les conduits de climatisation.

Kira vérifia aussitôt sur le plan si son idée tenait la route.

– Ça peut le faire, conclut-elle après avoir analysé le schéma du réseau d'aération.

– Et moi, je fais quoi pendant ce temps ? s'inquiéta William.

Il souhaitait manifestement participer à l'effort de guerre. Et il semblait hors de question pour lui de patienter sur le banc de touche pendant que Kira monterait au front.

– J'aurai peut-être besoin que tu fasses diversion au moment opportun, lui indiqua Kira.

– Diversion ?

– Quand je vais me connecter au serveur, je ne vais pas pouvoir empêcher très longtemps les administrateurs du réseau de s'en apercevoir et de donner l'alerte. Si Antonov est là, il me faudra un peu de temps pour m'occuper de lui sans être inquiétée...

– T'occuper de lui ?

– Tu imagines que la NSA va laisser ce type se faire arrêter, menotter et être jugé à la régulière ?

– Tu veux le tuer ?

– Je veux juste éliminer un nuisible. Une objection ?

William grimaça tout en serrant les poings sous le coup du stress. Il s'était engagé dans la police parce qu'il avait une idée précise de la justice. Aveugle, elle permettait de maintenir un semblant d'équilibre dans une société en permanence au bord du chaos. Jamais il n'avait envisagé de la trahir. Pourtant, aujourd'hui, au contact de Kira, après la mort brutale de Chiyo, une autre forme de justice lui apparaissait.

– Non, dit-il sèchement.

– De toute façon, ce n'est qu'une hypothèse pessimiste, reprit Kira. Je devrais réussir à contourner leur *firewall* et m'introduire dans leur système sans faire de bruit. Mais je préfère anticiper les problèmes, donc si je me fais repérer, il serait judicieux d'être en mesure d'allumer un contrefeu.

– Quel genre de contrefeu ?

– L'explosion d'un véhicule à proximité d'une entrée du site, par exemple, répondit Kira qui semblait avoir pensé à tout.

*
**

Kira commanda comme elle l'avait annoncé un badge et un lecteur/enregistreur RFID sur un site Internet chinois. L'IA[24] de ce dernier la géolocalisa et lui proposa de retirer le matériel qui était en stock dans un magasin d'Honolulu. La perspective de gagner du temps lui arracha un petit sourire victorieux. Elle cibla aussitôt la boutique à l'aide d'un service de cartographie en ligne.

24. Intelligence artificielle.

– Beretania street, c'est loin ?

– Dans Chinatown, à quinze minutes à pieds, répondit William depuis la cuisine où il préparait du café.

Kira se leva, vérifia tour à tour les deux Beretta qui dormaient dans leur carton et les inséra dans leur holster respectif.

– Tu as une drôle de manière de t'équiper pour aller faire les courses ! s'exclama William. C'est vraiment nécessaire ?

– À partir de maintenant, si ça ne te dérange pas, on va procéder à ma façon, rétorqua Kira en s'harnachant des deux holsters.

– Tu ne vas décemment pas sortir comme ça ? s'inquiéta William en laissant tomber une capsule de Nespresso sur le sol de la cuisine.

– Tu as un sweat-shirt ?

– Je dois avoir ça, répondit William en filant dans sa chambre.

Il en ressortit avec un vêtement à capuche un peu ample, de couleur noire et doté d'une poche ventrale.

– Je n'ai que ça, annonça-t-il en tendant ce dernier à Kira.

Kira regarda l'étiquette.

– Large, ça devrait aller, souffla-t-elle en enfilant le sweat. Mais fabriqué au Bangladesh, ça craint... Tu as du cash ?

William plongea la main dans une poche de son pantalon et en extirpa quelques billets froissés.

– Deux cent cinquante dollars, ça ira ?

Kira grimaça.

William comprit le message. Il fouilla dans ce qui ressemblait à un cendrier et où s'amoncelaient des clés, des stylos et des chewing-gums. Il y trouva quelques autres billets qu'il donna à Kira.

– Et avec ça ?

Kira avisa le supplément.

– Je devrais m'en sortir, conclut-elle. Désolée, d'habitude je suis autonome question fric, s'excusa-t-elle. Mais mon liquide et mes cartes de crédit ont brûlé dans l'incendie, avec tout le reste...

– Pas de problème, la rassura William. De toute façon, au stade où nous en sommes, j'imagine qu'il est préférable d'utiliser du cash. Histoire de ne pas être tracés...

– C'est préférable, confirma Kira avant de sortir d'un pas rapide de l'appartement.

La porte se referma et William ramassa la capsule de café qu'il avait fait tomber. Il l'inséra dans la machine et regarda la boisson se préparer lentement. C'était du Dharkan, un savant assemblage d'Arabicas provenant d'Amérique latine et d'Asie. La saveur préférée de Chiyo...

CHAPITRE XIX

Situé à l'est du centre-ville d'Honolulu, le quartier chinois formait un quadrilatère délimité par les rues King, River, Bethel et Beretania. Sur quelques blocs, on y trouvait des boutiques exotiques, des marchés couverts, des antiquaires, des magasins de souvenirs...

Se guidant grâce au GPS de son Smartphone, Kira marchait d'un bon pas dans cet univers à la croisée des chemins entre l'Amérique et l'Asie. De temps à autre, elle relevait la tête et admirait quelques-uns des nombreux bâtiments en briques qui bordaient les rues et n'étaient pas sans lui rappeler ceux de San Francisco.

La plupart des commerces étaient fermés depuis 15 heures, et on sentait qu'une vie noctambule était en train de prendre ses marques dans un Chinatown devenu plus branché et cool qu'exotique.

Kira croisa un groupe d'étudiantes. L'une d'elles la dévisagea et lui adressa un clin d'œil coquin. Kira songea qu'elle n'avait pas goûté aux joies du sexe depuis trop longtemps. Elle se jura d'y remédier avant la fin de ses « vacances ».

Soudain, une vibration de son Smartphone lui indiqua qu'elle était parvenue à destination. Elle leva la tête sur une façade colorée où rien n'indiquait la présence d'un magasin. Elle checka l'adresse afin de vérifier qu'elle n'avait pas commis une erreur. Le verdict tomba sur-le-champ. Elle se trouvait bien au bon endroit.

Son regard fouilla les alentours et finit par détecter une étroite ruelle qui fendait le bâtiment. Elle s'y engagea et ne tarda pas à découvrir sur sa droite l'entrée glauque de ce qui ressemblait plus à un bouge qu'à un commerce d'électronique. Elle poussa une porte battante, déclenchant une sonnerie futuriste et entra dans un monde de cartons empilés et de caisses encore cerclées. Elle se faufila dans ce dédale jusqu'à un comptoir en bois derrière lequel un jeune Asiatique jouait avec une console portable.

– Bonsoir, fit-elle.

Le vendeur posa sa Game Boy et lui répondit par un sourire.

– Je viens retirer une commande, expliqua-t-elle en donnant la référence.

Le vendeur enregistra l'information, puis se retira dans ce qui semblait être l'arrière-boutique. Il revint avec un paquet et le déposa sur le comptoir.

– 325 dollars, annonça-t-il dans un mauvais anglais.

Kira paya, prit le paquet et sortit.

Elle s'apprêtait à rejoindre la rue principale quand elle entendit un bruit derrière elle. Instinctivement, elle se retourna et découvrit, stupéfaite, deux silhouettes dans la pénombre. L'une d'entre elles braquait le canon d'un pistolet dans sa direction. Sans réfléchir, Kira s'abrita dans le contre-jour d'un réverbère.

***

Un coup de feu modéré par un suppresseur ouvrit les hostilités. Kira se projeta contre un mur, évitant le premier tir. Elle lâcha son paquet, puis s'abrita derrière une poubelle métallique. Ses mains s'emparèrent des deux Beretta qui dormaient toujours dans leurs holsters. Elle empoigna les armes, inspira profondément, bloqua sa respiration et, se relevant, réveilla leur puissance de destruction. Sa prompte riposte surprit ses assaillants surgis de nulle part. Ils reculèrent dans l'étroite ruelle, jusqu'à disparaître derrière une benne à ordures pour s'abriter.

Les deux bras tendus, index crispé sur les queues de détente, Kira analysa la situation en une fraction de seconde. Contrairement aux armes de ses agresseurs, les bouches des Beretta n'étaient pas munies de silencieux et elle avait sans aucun doute attiré l'attention en déclenchant un déluge de plomb dans la ruelle. La police n'allait pas tarder à rappliquer. C'était une question de minutes, voire de secondes si une voiture patrouillait dans les parages. Et Kira n'avait aucunement l'intention de les attendre : il fallait qu'elle se désengage rapidement.

Elle rabattit sa capuche, rangea l'un de ses pistolets tout en continuant à braquer l'autre en direction des deux inconnus qui venaient d'essayer de la tuer, ramassa son paquet et s'élança dans la rue principale, heureusement déserte. Elle courut deux bonnes minutes sans se préoccuper de savoir si elle était suivie ou non, changea de trottoir plusieurs fois, bifurqua au hasard d'un croisement et enfin ralentit le pas.

Là seulement, elle rangea le deuxième Beretta que sa main plaquait jusqu'alors le long de sa jambe. Puis elle essaya de reprendre une allure et un rythme anonymes. Bientôt, au croisement de Maunakea Street et Hotel Street, sous le Wo Fat building, elle aperçut une petite foule qui attendait pour rentrer dans ce qui ressemblait à une boîte de nuit à la mode. Elle s'y fondit et disparut à la manière d'un caméléon humain.

*
**

– Merde, on l'a perdue, ragea Mickey Fitzpatrick en tambourinant avec ses poings sur un volant gainé de cuir marron.

– Putain, mais c'est qui cette nana ? demanda Melvin Bradley. Elle a failli m'aligner… C'est passé à un poil de cul…

– Et toi, tu l'as ratée à un mètre.

– À cause du halo du réverbère derrière elle. C'est comme si elle avait fait exprès de se tenir dans son rayon pour…

– On va pas épiloguer, l'interrompit son équipier, visiblement agacé. Tout ça me fait chier. J'ai l'impression d'être un agent des pompes funèbres. Deux cadavres à faire disparaître. Une chieuse sortie de nulle part à éliminer. Je suis pas Delta pour ça, merde ! Je crois que je préfère le merdier de l'Afghanistan ou de la Syrie. Là-bas au moins, il n'y a que les méchants et les gentils.

– C'est pas une civile, souffla Melvin sans tenir compte des propos de son équipier. Elle a reçu une formation militaire, c'est évident. On ne me la fait pas !

Les deux opérateurs Delta n'en revenaient pas d'avoir été tenus en échec dans leur mission par un petit bout de femme. Ils avaient manifestement sous-estimé leur cible. Plus par manque d'informations à son sujet que par incompétence ou machisme. Dans l'obscurité de l'habitacle de leur 4 × 4, ils essayèrent de repenser leur tactique en attendant leur chef.

– Elle n'est pas infaillible, intervint Mickey. Son dossier prétend qu'elle serait une hackeuse de choc, et elle commande sur un site chinois ? Une erreur de débutant... C'est comme ça que je l'ai retrouvée. Toutes les connexions à des sites chinois sensibles sont tracées. Et si je l'ai coincée une fois, je peux recommencer.

– Tu es énervé parce qu'elle a été plus maligne que toi, Mick.

– Si elle était plus maligne que moi, on n'aurait pas eu une longueur d'avance sur elle, objecta Mickey. Un avantage dont tu nous as privés du bénéfice...

– Tu as toujours voulu être un hacker, au fond. T'es entré chez les Deltas par défaut. En réalité, tu veux être un bad boy... *Bad boys, bad boys. What'cha gonna do. What'cha gonna do. When they come for you ?* se mit-il à chanter, reprenant la chanson *Bad Boys Reply* du groupe Inner Circle.

– Tu me saoules...

Melvin rigola, puis se concentra.

– Peut-être qu'elle a agi dans l'urgence ? Ce qui expliquerait son manque de précaution. Elle a acheté quoi sur ce site ?

– Un lecteur/enregistreur RFID et un badge neutre, lista son équipier.

– Ça sert à quoi ce truc ?

– À cloner des badges d'accès.

– Elle veut donc entrer quelque part sans y être invitée, en conclut Melvin.

– Reste à savoir où, confirma Mickey.

⁂

Kira pénétra dans l'appartement comme une boule d'énergie pure.

William regarda la comète passer et s'écraser sur le canapé dans une explosion de grossièretés.

– Un problème ?

– On m'a tiré dessus, répondit-elle en ôtant son sweat-shirt et libérant à la vue les deux holsters où se trouvaient logés les Beretta.

– Quoi ? fit William en observant Kira lookée comme une guérilléra.

– Je sortais du magasin, expliqua celle-ci en posant le paquet sur la table basse, à côté de l'ordinateur portable durci. J'ai aperçu deux silhouettes. L'une d'elles a ouvert le feu. J'ai évité la balle grâce au contre-jour d'un réverbère. Et j'ai riposté…

– Une fusillade en plein Chinatown ! Manquait plus que ça, souffla le lieutenant du CID en se pinçant les lèvres.

– Je devais faire quoi ? Demander leurs papiers d'identité et pourquoi ils voulaient me descendre ?

– Je n'ai pas dit ça.

– Non, en fait tu n'as rien dit du tout. C'est ça le problème !

William encaissa la mauvaise humeur de Kira sans répliquer. Dans son état, il savait qu'il ne parviendrait pas à l'atteindre avec des mots raisonnables. Et il n'avait aucune envie de flatter ses bas instincts. Il choisit donc d'éluder la question.

– Tu dis qu'ils t'attendaient à la sortie du magasin. Ça signifie donc qu'ils t'ont suivie, voire qu'ils nous espionnent...

– De toute évidence, on nous colle au train, soupira Kira en déballant le contenu du paquet.

– Tu as peut-être été suivie jusqu'ici...

– Je me suis assurée que non, le rassura immédiatement Kira.

– C'est incompréhensible, comment pouvaient-ils savoir où tu te trouvais ?

– La commande sur le site chinois, répondit Kira. Je savais que je m'exposais. Mais je n'avais pas le temps de faire autrement.

– Ces types sont capables de tracer quelqu'un à partir d'une simple commande sur Internet ? s'étonna William.

Kira s'amusa de sa naïveté et partit d'un rire franc et sonore.

– Tu ne lis pas assez les infos... Selon les révélations de Snowden, l'unité TAO dispose de logiciels et de matériel en mesure de siphonner à peu près tout et n'importe quoi. Cette « boîte à outils » baptisée ANT, *Advanced Network Technologies*, contient des câbles de connexion pour écrans informatiques récupérant l'affichage, des stations de base GSM pour surveiller les téléphones dans une zone donnée, des clés USB communicantes... La plupart des équipements réseaux ou informatiques peuvent être piratés grâce aux procédés de ce catalogue du parfait cyberguerrier, en particulier ceux fabriqués par Cisco, Huawei, Juniper, Dell, Western Digital, Seagate et Samsung. Autant dire la majorité des équipements installés dans le monde ! Je te laisse imaginer ce dont ils sont capables quand il s'agit d'espionner le Net.

– Jusqu'à aujourd'hui, je pensais que ça n'existait que dans les films ce genre de truc... Comme dans le dernier Michael Mann avec ce hacker joué par l'acteur qui incarne Thor...

– Cette unité d'élite dispose de moyens considérables. Elle est bien réelle. Et crois-moi, elle n'a rien à voir avec une superproduction hollywoodienne. La réalité dépasse de loin la fiction et ça fait un moment que je le constate.

William accusa le coup. Il n'était pas tombé de la dernière pluie. En tant que flic, il avait été plus d'une fois confronté à l'horreur du réel. Mais là, il avait le sentiment d'évoluer dans un scénario de science-fiction. Chaque heure apportait un nouveau lot de révélations, levant le voile sur une réalité insoupçonnée.

– Je ferai gaffe lors de ma prochaine commande sur Amazon, souffla-t-il dans une tentative d'humour.

– C'est déjà trop tard. Amazon sait tout de toi, répliqua Kira en vérifiant l'état de marche du lecteur/enregistreur RFID.

Elle s'étonnait toujours de l'inconscience des usagers du Net. Les gens pensaient que surfer, commander ou jouer sur le Web ne prêtait pas à conséquence. Mais en réalité, Internet était devenu un vaste filet à données personnelles que de grandes entreprises – ou pire, des États – récoltaient en nombre pour les stocker. Avant de les analyser et de les exploiter, à des fins marketing dans le meilleur des cas, ou politiques dans le pire. Selon Kira, le big data était devenu l'ennemi numéro 1 de la démocratie. Et son alliée, l'Intelligence Artificielle, posait encore plus de problèmes. Celle-ci contribuait à l'automatisation croissante de l'analyse des données : 70 % de toutes les transactions financières étaient désormais effectuées par des algorithmes. Les machines excelleraient bientôt dans la plupart des domaines. Certains visionnaires tels Elon Musk, Bill Gates ou encore Steve Wozniak tiraient régulièrement la sonnette d'alarme, affirmant que les superintelligences constituaient un grave danger pour l'humanité. Mais qui les écoutait ? Soudain, William la fit sortir de ses pensées :

– Durant ton absence, j'ai téléphoné à une amie de mon père qui travaille toujours sur la base. Je lui ai dit que je passerai la voir ce soir.

– Le temps de boire un verre et j'aurai cloné son badge. Le rendez-vous est à quelle heure ?

– 22 heures.

– Ça me laisse une heure pour aller me détendre.

Kira se leva sur ces mots et se débarrassa des holsters qu'elle posa délicatement sur le canapé. Elle huma ses aisselles, estima qu'il n'y avait pas d'urgence et remonta son jean jusqu'au nombril.

– Te détendre ?

– Faut que je baise.

Gêné par la crudité subite de Kira, William se trouva décontenancé.

– Pas avec toi, crut-elle bon d'ajouter, avant de sortir en claquant la porte sans donner plus d'explications.

*
**

Ryan ouvrit la porte du 4 × 4 garé sur le quai numéro 9 près de la Halowa Tower, le phare d'Hawaii rendu célèbre par une série télévisée policière à succès des années 1970. Il affichait une mine crispée. Les traits de son visage étaient tendus et laissaient deviner une grande concentration intérieure. En mission, Ryan s'efforçait toujours de garder son sang-froid. Il savait que là résidait le secret de la victoire. Un vrai soldat n'affrontait pas le danger sans maîtrise. Il se souvint de son entraînement à Fort Bragg, puis de ces dix ans à vivre son engagement à fond. Période durant laquelle il avait enduré l'extrême inconstance des choix politiques. Lesquels pouvaient amener des changements radicaux dans les processus opérationnels sur le terrain. Il avait accumulé plus de fatigue morale et physique que quiconque dans cette unité. Il avait connu des victoires. Des défaites, aussi. Mais toujours, il avait gardé la maîtrise. De soi. Et de son idéal adolescent : mettre fin aux violences dans le monde par tous les moyens, y compris par la violence elle-même.

– C'est réglé ? demanda-t-il en balayant les alentours du regard afin de s'assurer que la zone était clean.

– La cible est toujours mouvante, répondit Melvin. Un putain de contre-jour...

Ryan ne commenta pas.

Ce n'était ni le lieu ni l'endroit pour mener un débriefing en bonne et due forme.

– Mick, tu l'as retrouvée ?

– Je suis dessus.

– C'est qui cette nana, chef ? interrogea Melvin.

– Tout est dans le dossier, répondit Ryan.

– Je n'ai pas lu dans le dossier qu'elle savait manier du gros calibre, ni qu'elle avait reçu un enseignement militaire, rétorqua Melvin sans pour autant sortir de sa réserve.

– Les gars, je vous rappelle que les ordres sont simples. Localisation et élimination. On a foiré une fois sur Kauai. Avec ce soir, ça fait deux. Il n'y aura pas de troisième fois.

Dans l'esprit de Ryan résonna l'écho puissant et douloureux d'un échec passé. Le 3 juillet 2014, deux heures du matin, plusieurs hélicoptères Black Hawk s'étaient envolés dans la nuit noire. À l'approche de la cible, des drones de reconnaissance Predator les avaient rejoints. Tout devait aller très vite. Les commandos Delta avaient vingt minutes pour neutraliser les gardiens, emmener les otages et redécoller. Les appareils avaient fondu sur les rives de l'Euphrate, détruit une batterie antiaérienne tenue par les djihadistes. Sur une zone nettoyée, Ryan et ses hommes avaient posé pied à terre, foulé le sol syrien, abattu quelques hommes. Un pilote avait été légèrement blessé. Mais, une fois dans le bâtiment de la raffinerie de pétrole, Ryan et ses équipiers n'avaient trouvé qu'une prison vide. Les otages s'étaient évanouis. Le raid tourna au fiasco. Le journaliste James Foley n'avait pas été sauvé...

– Je sais que je peux compter sur vous, ajouta Ryan encore à ses souvenirs. Alors ne me décevez pas. On règle ce problème et on rentre chez nous.

– Compris, chef, se rangea derrière lui Melvin, en bon soldat.

– Compris, fit également Mickey.

– Même si elle est plus retorse que prévu, cette femme ne peut tenir en échec un commando Delta, assura Ryan. Le corps de Waimea, c'est réglé ?

– Le FBI a fait chier comme d'habitude, répondit Mickey qui était assis sur le siège passager le nez sur son laptop. Mais on leur a expliqué qu'il s'agissait d'une affaire de terrorisme. Et là, tout s'est décoincé. On a pu placer la dépouille sous scellés et le corps sera inhumé de façon anonyme sans examen médico-légal. Vive le *Patriot Act*[25] ! Plus simple que la première, qu'on a dû enterrer vite fait bien fait...

– Les parents ?

– Un père alcoolo, une mère décédée. Pas d'autre famille. Avec le père, on s'est entendu sur un dédommagement de quinze mille dollars.

– Hum, l'argent fait rarement un bon deal, fit remarquer Ryan.

– On ne peut pas descendre tout le monde, chef, objecta Melvin.

– Autre chose ? interrogea Ryan comme s'il avait senti qu'il restait un sujet à traiter.

25. Le *USA Patriot Act* a été voté par le congrès américain le 26 octobre 2001 afin de renforcer le pouvoir gouvernemental dans la lutte antiterroriste.

– Yep, la hackeuse, elle a acheté de quoi fabriquer – ou cloner – un badge d'accès magnétique, répondit Mickey.

– Une idée sur ce qu'elle mijote ?

– Pour l'instant, non. Mais ça laisse penser qu'elle est peut-être plus qu'un simple témoin dans cette affaire.

Ryan acquiesça silencieusement.

Mickey avait raison. Leur cible semblait à géométrie variable, capable de riposter, et potentiellement d'attaquer. Il serait facile à ce stade de perdre la main complètement et de choisir la carte de la destruction massive. Mais l'instinct de Ryan lui soufflait que cette partie devrait se jouer beaucoup plus finement.

– Dès que vous l'avez localisée, vous me prévenez.

– Compris, chef, répondirent les deux opérateurs en chœur.

Ryan s'éloigna comme il était arrivé, avec naturel, fondu dans le décor.

*
**

Au bas de l'immeuble où habitait William, Kira avait repéré un bar lounge ouvert sur la rue. L'endroit s'appelait Le Phoenix et semblait attirer comme un aimant une clientèle jeune et branchée. La musique qui s'en échappait convenait à Kira. Et des flashs lumineux laissaient entendre que le lieu possédait un dancefloor. Parfait terrain de chasse pour assouvir cette pulsion soudaine qui l'étreignait.

Kira se présenta devant un vigile massif et une physionomiste aux cheveux teints en blond qui avait conservé ses sourcils bruns. Les deux gardaient l'entrée du « temple ».

– Tu es toute seule ? demanda cette dernière.

– Pas pour longtemps j'espère, répondit Kira, sûre d'elle.

La blondasse la dévisagea, puis passa son corps à l'analyse de ses critères d'entrée. Kira effectua une pirouette sur elle-même dans un déhanchement sensuel, façon mannequin de mode.

– Bien gaulée, souffla la physionomiste. C'est bon.

Kira lui adressa un sourire reconnaissant et entra.

La musique et un brouhaha composé de cris mélangés à des rires inondaient une foule compacte. Sans s'excuser, Kira se fraya dans cette masse un chemin jusqu'au bar. Où elle s'accouda en poussant légèrement un couple en train de s'embrasser.

– Mojito ! commanda-t-elle à une barmaid aux seins moulés dans un body fluorescent.

– Ça marche, confirma cette dernière.

Le cocktail ne tarda pas à atterrir sur le zinc. Kira le descendit d'une traite et en commanda un nouveau. Au troisième, elle se sentit enfin de rejoindre la piste de danse qui surplombait le bar sur une petite mezzanine. Hasard ou chance, les premières notes de *Teardrop*, hit du groupe Massive Attack, l'accueillirent. Elle commença à se trémousser sur ses rythmes lancinants. Ses hanches ondulaient. Ses petits seins se bombaient à intervalles réguliers. Son corps musclé vibrait littéralement sur les accents langoureux de la voix d'Elisabeth Frazer. La guerrière retrouvait peu à peu toute sa sensualité.

Alors qu'elle dansait, Kira écarta gentiment quelques hommes trop entreprenants qui pensaient être en possession des principaux arguments pour la séduire. Quand soudain, dans la lumière hachée des stroboscopes, elle devina la silhouette longiligne d'une sublime Black. La créature était vêtue d'une robe moulante qui soulignait ses formes plus qu'avantageuses. Kira, loin d'être intimidée, avança vers cette dernière en agitant les bras et redoublant de féminité. Les deux jeunes femmes dansèrent quelques minutes ensemble, puis elles échangèrent un regard entendu. Et la Black entraîna Kira par la main hors du dancefloor.

Elles se retrouvèrent dans les toilettes pour femmes. Sans un mot et d'un seul geste de l'index, la magnifique Afro-Américaine invita Kira à la suivre dans l'une des cabines. Elle s'y engouffra et referma le loquet derrière elle. La Black l'embrassa fiévreusement, à pleine bouche. Leurs langues se mêlèrent. Kira sentit une douce chaleur qui commençait à irradier son bas-ventre. Elle passa une main sous la robe de sa partenaire, remonta le long d'une cuisse à la peau douce. Puis trouva son intimité où elle introduisit son majeur avec délicatesse. La Black poussa un léger gémissement et ferma les yeux.

Elle ne les rouvrit que pour ponctuer un orgasme puissant, quasi animal. Surexcitée, Kira ne la laissa pas reprendre son souffle. Elle ôta son jean et posa un pied sur la lunette des toilettes. Sa partenaire se mit à genoux. Kira posa une main sur l'arrière de sa tête. Ses doigts caressèrent un instant les cheveux crépus, puis soudain forcèrent le visage noir à se coller sur son sexe humide et rose.

– Lèche, intima-t-elle, se surprenant elle-même.

Sa partenaire s'exécuta, avec application et maîtrise.

Kira jouit rapidement tant elle était en manque.

Elle resta suspendue quelques secondes dans l'air moite, puis repoussa délicatement sa partenaire d'un soir avant de se rhabiller. Elle déposa un baiser sur la joue de cette dernière et sortit des toilettes, l'air ragaillardi.

Kira retourna au bar et commanda un ultime mojito. Elle en savoura l'arôme mentholé en plusieurs gorgées lentes, paya et retrouva l'air venteux du dehors. Une brise s'était levée, charriant une fragrance marine. Elle en goûta le sel avant de pénétrer dans l'immeuble où habitait William et de regagner son appartement. Elle pouvait mourir maintenant.

CHAPITRE XX

Evgeny entra dans le halo projeté par le mur d'écrans qui tapissait la salle principale du HCC. Sa tête ronde pivota, suivant les événements projetés en temps réel. L'opération Trust avait commencé le plus légalement du monde par l'achat massif de données au géant de la vente en ligne, Amazon. Puis moyennant un dollar supplémentaire par tête, un questionnaire avait été adressé à chaque client via Mechanical Turk[26]. En acceptant de s'identifier via Facebook, l'internaute permettait à MTurk d'accéder à ses données personnelles pour ensuite les croiser avec celles d'Amazon et les transmettre ici, sur les serveurs du HCC. À ce rythme, Evgeny disposerait en quelques semaines d'une base de données détaillée concernant plus de soixante millions d'électeurs américains. Et cela, à leur insu.

Si seulement ces crétins savaient qu'à partir d'un minimum de 68 likes d'un internaute, il est possible

26. Service de microtravail lancé par Amazon.com fin 2005.

de prédire sa couleur de peau, son orientation sexuelle ou ses convictions politiques, songea Evgeny. Aux balbutiements d'Internet, les moteurs de recherche et autres plates-formes de recommandation avaient commencé par offrir des suggestions personnalisées pour certains produits et services.

Ces suggestions se fondaient sur des métadonnées recueillies à partir de recherches et d'achats antérieurs, ou sur des comportements de mobilité ainsi que sur des interactions sociales. Officiellement, l'identité de l'utilisateur était protégée, mais en pratique, elle pouvait être déduite assez facilement. *Désormais, les algorithmes savent ce que nous faisons et ce que nous pensons. Ils nous connaissent mieux que nos propres amis, pour ne pas dire notre famille.* Pour Evgeny, la puissance des algorithmes n'était ni un rêve ni un cauchemar. Elle était les deux en même temps.

Le Russe se frotta les mains de satisfaction.

Plus que tuer, plus que jouir de la souffrance des autres, il aimait avoir le contrôle. Et aujourd'hui, plus la peine de le conquérir, puisque les victimes elles-mêmes confiaient ce pouvoir à leur bourreau.

Sur les écrans, la vitesse de défilement des pages augmenta subitement.

Ce flux de données dont il dérivait et maîtrisait le cours faisait d'Evgeny le maître absolu de millions de vies. Collin parlait volontiers d'outils stratégiques décisionnels. Evgeny, lui, appelait ça plus simplement : le pouvoir.

– Monsieur ? le dérangea un des membres de l'équipe avec qui on l'avait forcé à travailler. Un cryptanalyste au look de geek adolescent.

– Quoi ? fit Evgeny, désagréable. Et puis, ne m'appelle pas monsieur, ça me vieillit.

– Nous avons reçu les demandes d'accès d'AggregateIQ, Cambridge Analytica et Palantir, bredouilla son interlocuteur.

– Putain de sociétés privées, pas le temps... Ils ne nous servent à rien, baragouina le Russe. La seule chose qui les intéresse, c'est le fric. J'ai optimisé leur système d'aspiration de données. J'ai corrigé la plupart de leurs algorithmes foireux... Je ne vais pas leur livrer mes derniers secrets de fabrication en plus !

– Monsieur Pratt souhaite qu'ils soient informés à chaque étape de l'opération.

– J'emmerde Pratt. On se débrouille très bien sans eux, non ? lança Evgeny avant de se raviser. Enfin, on est obligés de leur envoyer ?

– Je me permets d'insister.

Son interlocuteur grimaça, ne sachant plus sur quel pied danser.

– Et moi, je me permets de te dire que tu peux retourner te palucher derrière ton ordi ! le tança Evgeny dont le naturel revenait au galop.

Le cryptanalyste encaissa sans broncher. Ses collègues à proximité affichèrent des mines interloquées. Evgeny leur adressa un regard furibond et tous baissèrent la tête, reprenant leur occupation.

– Je déconne ! lança-t-il soudain dans son mauvais anglais et en se forçant à sourire. Allez, allez, on reprend ! ajouta-t-il en tapant dans ses mains.

*
**

La Ford Crown Victoria traversait Wahiawa, à une trentaine de kilomètres d'Honolulu. Kira avait cloné le badge d'accès de l'amie du père de William. Âgée d'une soixantaine d'années, celle-ci leur avait offert de la citronnade maison et n'avait eu de cesse de consoler William, sincèrement attristée par la disparition de son épouse. Elle était la bonté incarnée et Kira s'en voulait de lui avoir joué un si mauvais tour. Mais l'heure était à l'action et l'action ne souffrait pas le moindre apitoiement.

William gara la voiture près de l'entrée du HCC.

– Tu es certaine de vouloir faire ça ? s'inquiéta-t-il en éteignant les phares.

– Je suis certaine de vouloir mettre ce monstre hors d'état de nuire. Et, par effet de rebond, coincer les responsables de la mort de Chiyo.

– Ne te sens pas obligée.

– Je le fais pour Chiyo, pas pour toi.

– Il est encore temps de refiler cette affaire à mes collègues du CID.

– La police ne peut rien contre la NSA, Will. Qui plus est la police d'Hawaii. Et ne le prends pas mal...

– Je ne le prends pas mal, mentit William.

– Tant mieux.

– Ce que j'ai du mal à digérer, c'est que la NSA puisse faire la pluie et le beau temps en dehors de tout contrôle et sans avoir à rendre le moindre compte.

– Snowden a essayé de nous ouvrir les yeux mais, comme toujours, la plupart des gens n'en ont rien à foutre de leur liberté. Ce qui compte pour eux, c'est de pouvoir payer leur crédit et consommer toujours plus.

– Peut-être que la plupart des gens se contentent de survivre et non de vivre... On ne peut pas leur en vouloir.

– J'en veux à celui qui néglige la démocratie, parce qu'il contribue à sa chute. Et que dans cette chute, il entraîne tous ceux qui la défendent.

– Je te trouve un brin radicale.

– Je n'ai pas le choix.

Dans la pénombre de l'habitacle, William regarda Kira, vêtue d'un tailleur appartenant à sa femme. Exit la guérilléra. Exit la hackeuse gothique. Les cheveux coiffés, légèrement maquillée, elle ressemblait à une *working girl.* La banalité lui allait bien. Elle apaisait ses traits. Et William se prit à espérer qu'elle pourrait prétendre un jour à une vie normale.

Une vie de paix.

Kira sortit du véhicule sans plus attendre.

– Tu m'attends du côté de la plantation, souffla cette dernière dans la nuit avant de refermer la portière.

– J'y serai, confirma William en démarrant, abandonnant Kira.

Il regarda un long moment sa silhouette dans le rétroviseur, jusqu'à ce qu'elle s'efface totalement dans l'obscurité.

***

Kira se présenta à l'accès piéton du premier checkpoint. Un militaire en faction dans une guérite s'approcha d'elle en lui signifiant de s'arrêter d'un geste de la main. Elle lui présenta le badge cloné sur lequel elle avait imprimé sa photo avec l'imprimante jet d'encre de William. Parfois les technologies rudimentaires avaient du bon. La sentinelle procéda aux contrôles de routine.

– Il est un peu tard pour le ménage, s'étonna-t-il.

– J'ai oublié les clés de ma maison dans le vestiaire, mentit Kira avec un aplomb digne d'un ancien élève de l'Actor Studio.

Le militaire la dévisagea quelques secondes avec neutralité, sans rien exprimer de ses pensées.

– Je me suis retrouvée à la porte de chez moi. Quelle idiote ! ajouta Kira, comme on ajoute un peu de sel sur un plat trop fade.

– OK, fit simplement le militaire en lui rendant le badge.

– Merci, fit Kira.

Premier obstacle, check, songea-t-elle en franchissant un tourniquet sécurisé. Elle suivit ensuite un chemin bitumé en pente douce éclairé par des projecteurs encastrés dans le sol. Quelques minutes plus tard, elle déboucha sur un parking gardé par un bâtiment au large toit. Elle se présenta à un deuxième point de contrôle. Une fois encore on vérifia son badge. Puis on la fit passer sous un portique de sécurité. Pour l'instant, le subterfuge semblait fonctionner et n'éveiller aucune sorte de soupçon.

Après un dernier contrôle, Kira entra enfin dans le complexe. Elle se trouvait désormais à l'entrée du « Tunnel », dans une espèce de gigantesque hall qui s'étirait à perte de vue. L'activité y tournait au ralenti, comme endormie. Et il y régnait une atmosphère surréaliste de haute technologie, mâtinée de régression quasi préhistorique liée à l'impression de s'enfoncer dans une caverne. Kira ne put s'empêcher de penser à l'allégorie du philosophe Platon. À ces hommes enchaînés et immobilisés dans une demeure souterraine, qui tournaient le dos à l'entrée et ne voyaient que leurs ombres et celles, projetées, d'objets au loin derrière eux. Image parfaite des conditions d'accession à la connaissance de la réalité…

Kira progressait avec aisance. Elle avait mémorisé le plan des lieux dans ses moindres détails. Une fois de plus, sa mémoire photographique lui était d'un grand secours.

Elle passa devant une baie vitrée et y aperçut son reflet. Elle s'amusa de se voir dans cet accoutrement. Le tailleur lui donnait une allure de secrétaire à la vie sédentaire. *Trop* mainstream *pour moi*, se dit-elle en esquissant un sourire. *Mais sexy…*

Elle croisa quelques personnes qui ne prêtèrent pas attention à sa présence, trop occupés à deviser entre elles. Puis soudain, elle bifurqua, empruntant un couloir perpendiculaire à l'axe principal qu'elle suivait jusqu'alors. Elle arriva bientôt devant un ascenseur et posa son badge sur un lecteur. Les portes s'ouvrirent.

À nouveau, elle usa de son badge et sélectionna le niveau qu'elle voulait atteindre sur le panneau de commande de l'élévateur. Ce dernier se mit à descendre et s'immobilisa au « -3 ». Kira sortit prudemment et découvrit un nouveau couloir baigné par une lumière artificielle agressive. Elle se repéra et reprit sa progression.

Au bout de quelques minutes de marche, elle parvint devant une porte dont elle libéra l'accès grâce à son badge « magique ». Elle entra dans un local technique qui servait à entreposer du matériel de nettoyage. Là, elle se déshabilla, libérant sa seconde tenue, dissimulée sous le tailleur : un short ultra moulant en cuir et un tee-shirt noir ajusté. Elle avisa une plaque métallique située à deux mètres de hauteur qui fermait l'un des accès au réseau d'aération.

Elle grimpa sur un chariot, dévissa les points de fixation à l'aide d'une pièce de monnaie et ôta délicatement la grille. Un souffle froid lui lécha le visage, comme un avertissement. Elle n'en tint pas compte, se hissa à la force des bras et s'introduisit dans l'étroit conduit. Dans un mouvement de reptation parfaitement maîtrisé, elle progressa dans un dédale de boyaux métalliques sans se laisser dominer par la claustrophobie. Elle s'orienta sans trop de difficulté dans ce labyrinthe dont elle maîtrisait parfaitement le circuit.

Et au bout d'un bon quart d'heure, elle parvint à destination. Elle reprit son souffle et s'attaqua à la grille qui barrait l'accès à la salle blanche où étaient installés les serveurs du HCC. Elle en percevait d'ailleurs le ronronnement monotone.

Une fois l'issue dégagée, elle se laissa tomber par l'ouverture et atterrit en souplesse sur le sol. Elle balaya aussitôt le périmètre d'un regard circulaire, se releva lentement et se mit en quête d'un point d'accès informatique. Elle marcha pour cela entre les racks et finit par visualiser un ordinateur posé sur une tablette en aluminium brossé. Kira se jeta dessus et sans perdre une seconde se connecta en cassant le mot de passe.

Sur l'écran, elle regarda défiler les lignes de codes et contourna un par un les protocoles de sécurité. Puis, elle se mit à la recherche d'Antonov. Qu'elle ne tarda pas à trouver via le système de vidéosurveillance. Elle mémorisa l'endroit où visiblement il vivait, puis par curiosité sonda les entrailles du serveur. Une partition attira son attention, car beaucoup plus volumineuse et sécurisée que les autres. Elle s'appliqua à en briser les résistances numériques les unes après les autres.

Au bout de quelques instants, le coffre virtuel était ouvert. Là, Kira se trouva dans un premier temps débordée par une masse colossale de données. Mais à force de concentration, elle finit par en trouver la logique. Et par comprendre l'incroyable portée du « trésor » qu'elle venait de découvrir.

Sans Smartphone, ni clé USB, elle devait trouver un moyen d'en exfiltrer l'essentiel. Elle avisa l'un des nombreux disques RAID amovibles hébergés autour d'elle. Elle en localisa un qui était encore vierge et procéda à une copie des données vers ce dernier. Les yeux fixés sur la jauge de téléchargement, elle s'inquiéta de l'écoulement du temps. Malgré toutes ses précautions et son talent, elle ne pouvait pas leurrer les administrateurs réseaux très longtemps dans des conditions aussi précaires. Elle allait devoir choisir entre une copie incomplète et le risque d'être repérée prématurément. Et le besoin de diversion qui en découlerait. Compte tenu de la fiabilité de William, elle espérait ne pas en arriver là. Non qu'elle doute de lui, mais il était indécrottablement persuadé qu'on ne devait pas combattre le mal par le mal. S'il entendait l'alarme du complexe se déclencher, il hésiterait certainement à faire ce qu'il fallait. Et tenterait de venir s'expliquer en personne, au nom de la Loi... Ce qui signifierait l'échec pur et simple de cette mission.

Alors que la jauge affichait à peine « 25% », Kira interrompit le transfert, récupéra le disque et emprunta à nouveau le réseau d'aération. Elle retrouva sans difficulté le local technique, se rhabilla et reprit l'ascenseur afin d'accéder au niveau où se trouvait Antonov. *Pour l'instant, tout va bien,* se dit-elle comme pour se convaincre que son plan allait se dérouler sans accrocs. Les portes de l'élévateur s'ouvrirent.

– *Next level*, murmura-t-elle pour se donner du courage.

Sa mémoire avait imprimé l'intégralité du trajet

à suivre. Elle s'orienta donc sans problème, prenant soin de baisser ou tourner la tête à chaque fois qu'elle croisait une caméra de surveillance. À ce rythme, elle finit par atteindre sa destination et se planta devant une porte neutre. Sans attendre, elle frappa du poing sur celle-ci. Au bout de quelques secondes la porte s'entrouvrit. Elle flanqua un violent coup de pied sur le battant, propulsant ce dernier vers l'intérieur. Kira bondit avec une incroyable vélocité dans l'ouverture et referma aussitôt derrière elle, sortant d'un holster d'aisselle un couteau. Evgeny gisait sur le sol d'une pièce aménagée en chambre, sonné par l'impact. Il tenta de se relever en grommelant, mais Kira lui adressa un nouveau coup de pied dans les flancs et lui plaça son couteau sous la gorge. Le Russe grogna de douleur sous l'impact.

– Bouge pas, connard ! intima-t-elle.

– *Ty kto*[27] ? interrogea Evgeny dans sa langue maternelle.

Bien que comprenant ses paroles, Kira ne lui répondit pas.

– Tu vas le regretter, menaça Evgeny, souffle coupé. Tu ignores qui je suis...

– Un tueur de gamine, lâcha Kira.

– J'empêche ces petites salopes de devenir de grandes salopes. Quel est le problème ? Si je t'avais croisée quinze ans plus tôt, je me serais occupé de toi...

27. Qui es-tu ?

– Tu es pire que ce que j'imaginais, grimaça Kira en affichant une moue de dégoût.

– Tu te crois meilleure que moi ?

– Je ne me compare pas avec la lie de l'humanité.

– Pourtant, visiblement, tu ne t'embarrasses pas avec la légalité.

– Je rétablis l'équilibre quand des ordures de ton espèce imaginent pouvoir commettre leurs exactions sans conséquence. Je suis à la fois la balance et le glaive...

– Et un brin pompeuse ! Regarde-toi, tu es une tueuse, tout comme moi, l'interrompit Evgeny en crachant un mélange de salive et sang.

– Ferme-la, tonna Kira qui en avait assez d'entendre son délire.

– Tu te voiles la face, ma belle, poursuivit Evgeny. Je sens cette pulsion de mort qui t'habite. Tu ne devrais pas la combattre. Libère-la, assume ce que tu es.

Kira essaya de ne pas se rendre poreuse à sa psychologie de comptoir. Il cherchait grossièrement à prendre l'ascendant. Elle devait lui résister. Se montrer mentalement plus forte que ce monstre froid et incapable de la moindre empathie. Mais soudain, alors qu'elle s'apprêtait à trancher la gorge d'Antonov, ce dernier se redressa avec une agilité insoupçonnée. Et se jeta sur elle avec fureur. Il la plaqua contre le mur dans un bruit mat.

Déstabilisée, Kira ne parvint pas à lui opposer de résistance efficace. Il prit alors le dessus. Elle sentit ses grosses mains entourer, puis serrer sa gorge. Tout le poids de son corps pesa contre elle. Elle était comme prise dans un étau. Ses pensées s'accélérèrent dans l'urgence.

Utilise ton cerveau avant qu'il ne soit plus irrigué.

Réagis, vite.

Mais Antonov, tel un serpent, resserra son implacable étreinte constrictrice. Elle banda ses muscles au maximum, histoire de gagner une poignée de secondes. En vain...

Alors qu'elle était au bout de ses limites physiques, prête à abandonner, la porte s'ouvrit et deux hommes se précipitèrent sur le Russe. À grand renfort de coups de poings, ils le forcèrent à lâcher sa proie. Puis, ils l'entraînèrent à l'autre bout de la pièce, à l'exact opposé de l'endroit où se trouvait Kira, chancelante. Quand il fut totalement maîtrisé et mis hors d'état de nuire, un troisième homme fit son apparition.

– J'arrive au bon moment, dirait-on, souffla Collin Prat.

*
**

Kira analysa rapidement la salle de crise où elle avait été conduite avec Evgeny sous l'escorte des deux agents qui étaient intervenus pour la sauver des griffes du psychopathe russe. Une seule issue, verrouillée électroniquement, des vitres épaisses – blindées sans doute –, un téléphone posé sur une longue table encadrée par deux rangs de sièges... *Parfaite cellule*, synthétisa-t-elle mentalement avant de regarder en direction de celui qui avait bien failli la tuer. Evgeny était assis de l'autre côté de la pièce et passait son temps à grimacer et à se récurer les narines. Collin se tenait quant à lui devant l'une des baies vitrées ouvertes sur une vaste salle où, malgré l'heure tardive, s'affairaient des dizaines de personnes. Kira aperçut au fond le monumental mur d'écrans. Et elle comprit qu'elle se trouvait dans le cœur opérationnel du HCC.

– Voici donc la fameuse Kira Bolan, souffla enfin Collin, rompant un silence tendu.

– Je suppose que vous êtes Collin Prat, l'enfoiré à la tête de l'office des TAO ? contre-attaqua Kira sans faire dans la demi-mesure.

– Vous êtes bien informée. Et votre intrusion prouve que vous êtes également bien entraînée. Malheureusement, en vous attaquant à nous vous avez eu, je le crains, les yeux plus gros que le ventre.

– Cette petite pute a essayé de me buter, intervint Evgeny.

– Je ne peux pas lui en vouloir, reconnu Collin. En revanche, il m'est plus difficile de lui pardonner d'avoir essayé de subtiliser des données classées confidentielles appartenant au gouvernement américain. Il s'agit d'un acte grave de trahison...

– De trahison ! s'exclama Kira, indignée. C'est vous, le traître à la nation ! J'ai compris ce dont vous vous êtes rendu coupable...

– Tu es indéniablement très intelligente, l'interrompit Collin. Mais je doute que tu mesures pleinement le fondement de nos motivations.

– Pas la peine de jouer au chevalier blanc défenseur de la démocratie avec moi ! Vous et votre unité avez influencé la campagne présidentielle de 2016. Pire, vous avez favorisé l'un des candidats et vous lui avez permis de l'emporter au mépris des lois !

– Notre rôle n'a pas été si important que vous semblez l'imaginer, corrigea Collin. Nous vivons une drôle d'époque, vous savez. La plupart des citoyens américains veulent éviter l'inconfort et la dissonance cognitive. Leur rapport à la vérité se complique. Des gens éduqués, informés, partagent aujourd'hui sans ciller des vidéos ou des news qui sont de vulgaires *hoax* sans s'interroger sur leur véracité. Nous n'avons fait que flatter ces bas instincts... Nous avons créé de fausses actualités. Les dix plus populaires d'entre elles liées aux élections ont été bien plus partagées que les dix plus populaires émanant de médias grand public. Les contenus de nos sites « bidons » ont ainsi été relayés presque quinze millions de fois, contre seulement sept millions de fois pour ceux plus sérieux. Et ce n'est qu'un exemple…

– Ensuite, il a suffit de tamiser à outrance les actualités afin de maintenir les internautes dans « une bulle de filtres », masquant toute idée ou personne dissonante, compléta Evgeny, avide d'étaler sa contribution. Les gens sont des moutons. C'est pour ça qu'il faut les égorger, ajouta-t-il en faisant mine de se lever.

L'un des deux cerbères qui l'encadraient posa une large main sur son épaule, le forçant à rester assis.

– Et vous avez demandé l'aide d'un sociopathe russe pour parvenir à vos fins ! s'indigna Kira, écœurée.

– Il a demandé l'aide d'un génie russe, salope ! protesta Evgeny, le visage empourpré de colère. *Cyka*[28] !

– *Ti govniouk*[29] *!* lui renvoya Kira.

Evgeny, de surprise, écarquilla ses yeux globuleux. Il ne s'attendait pas à ce que Kira comprenne et parle le russe.

– S'agissant de notre collaboration avec monsieur Antonov, je vous concède que ce n'est pas la partie la plus glorieuse de cette opération, admit

28. Chienne !
29. Tu n'es qu'une grosse merde !

Collin. Elle en est d'ailleurs le maillon faible. Et nous en payons aujourd'hui le prix avec cette enquête sur l'éventuelle collusion entre notre nouvelle administration et la Russie...

– J'imagine que cette dernière n'a pas lâché ce gros lard pour des clopinettes, souffla Kira comme on ravive volontairement des braises.

Une fois de plus, le concerné tenta de se redresser tout en l'invectivant. Le rappel à l'ordre fut plus violent et ponctué d'une clé de bras. Sous son effet, le visage d'Evgeny se tordit de douleur.

– Calmez-vous, bon sang ! lui intima Collin.

– Combien de temps tu vas laisser cette pute continuer à me dénigrer ? Elle se croit supérieure à moi. Mais elle ignore ce dont je suis capable. Raconte-lui donc le coup de Little Haiti à Miami.

Collin afficha une mine embarrassée.

– Tu ne veux pas ? Alors écoute ma belle, imagine un instant que dans ce quartier des internautes voient, par exemple, apparaître parmi les publications de leur flux Facebook une actualité stipulant que la Fondation Clinton a échoué à apporter son aide aux Haïtiens après le tremblement de terre qui a secoué leur île. Ou encore, que les Afro-Américains tombent sur une vidéo de la candidate affirmant que les hommes noirs sont des prédateurs. Tu crois que ça les encourage à voter démocrate ? Avec mon système, on peut adapter le message à l'échelle des quartiers, des rues et même à celle du profil d'un individu, assura Evgeny. Alors, ma belle, tu commences à piger que tu as en face de toi le king de la big data ?

– Et c'est avec ce taré que vous vous êtes compromis, soupira Kira, l'air profondément affligée.

– Les Russes sont, comment dire ? Irrationnels. Il est vrai que ça ne facilite pas le travail avec eux, concéda Collin. Mais pour être franc, le vrai problème, c'est notre nouveau président. Nous avons sous-estimé ses faiblesses. Et la médiocrité de son entourage... C'est pour ça que nous nous apprêtons à lancer une grande opération, dans le cadre de ce qu'on pourrait appeler notre service après-vente.

– Vous voulez le faire destituer après l'avoir porté au pouvoir ? interrogea Kira.

– Le destituer ? Certainement pas, malgré ses défauts il fait le job. Non, nous allons juste corriger l'opinion. La rendre plus perméable à ses méthodes, à ses idées et à ses frasques... Il suffit pour cela de convaincre les trois millions de voix supplémentaires qui ont voté pour son adversaire qu'il est finalement le bon cheval, ou tout du moins le moins pire. Et l'affaire sera entendue.

Kira commençait à comprendre. Collin et le TAO, après avoir influencé les élections présidentielles, entendaient mener l'une des plus grandes campagnes de désinformation jamais réalisées afin de convaincre une majorité d'Américains du bien-fondé de la politique de son nouveau président. Avec l'aide d'Evgeny… Il ne s'agissait ni plus ni moins que d'une conspiration. À côté de laquelle l'assassinat de Kennedy ressemblait à un complot de pacotille. Au milieu de ce flot de réponses, surnageait à présent une dernière question.

– Pourquoi ne l'avez-vous pas laissé me tuer ? demanda Kira à Collin.

– Parce que je ne supporte pas le gâchis. Vous êtes une hackeuse véritablement douée et je manque cruellement de profils tels que le vôtre.

– J'hallucine, vous me proposez un job ?

– En quelque sorte, confirma Collin. Ou plus exactement, une occasion de sortir de la clandestinité et de combattre du bon côté.

– Du bon côté ?

Kira éclata de rire.

Il ne manquait pas d'air. C'était d'ailleurs sans doute l'une des raisons pour laquelle il travaillait à la « No Such Agency[30] ». L'arrogance était l'un des prérequis pour y décrocher un poste à responsabilités.

– Je ne bosse pour personne et surtout pas pour le diable, poursuivit-elle.

– Ni dieu, ni maître, murmura Collin.

30. « Une telle agence n'existe pas », premier surnom donné à la NSA par les journalistes.

– Et surtout pas d'enfoiré, ajouta Kira.

– J'ai cru que vous seriez capable de vous montrer raisonnable. Manifestement, je me suis trompé. Il ne reste donc aucune autre option.

– Laisse-moi m'en occuper, supplia Evgeny en lançant un regard noir à Kira. Laisse-moi la saigner comme une truie...

Excédé, Collin ordonna aux agents d'évacuer le Russe. Les deux molosses s'exécutèrent et passèrent devant Kira. En un geste rapide, elle s'empara du pistolet logé dans le holster ventral de l'un des deux agents, qu'elle avait repéré depuis son arrivée dans la salle de crise. Elle pivota sur elle-même avec vélocité, passa l'avant-bras autour du cou d'Evgeny et plaqua le canon de l'arme sur sa tempe.

– Sale pute, grogna le Russe, surpris par la tournure subite des événements.

– Un seul geste et je le bute, prévint Kira, index crispé sur la queue de détente.

– Vous croyez que son sort m'importe ? lança Collin, l'air faussement détendu.

– Je pense que oui, répondit Kira.

Si elle ne s'était pas trompée dans son évaluation de la situation, elle disposait à présent du principal atout dans cette partie qui l'opposait à Collin.

– Discutons, temporisa celui-ci.

Il ne pouvait effectivement pas risquer de perdre Evgeny à un stade aussi précoce de l'opération.

– Il n'y a rien à négocier. Je veux le disque RAID et que vous me laissiez sortir. Je le relâcherai seulement une fois dehors.

Collin s'accorda quelques secondes pour réfléchir.

Il n'avait pas le choix.

– *Deal* ? interrogea Kira, maintenant la pression.

– *Deal*, confirma Collin en ordonnant aux deux agents de s'éloigner.

Il tendit ensuite, à regret, le disque RAID contenant les données copiées depuis le serveur du HCC.

– Glissez-le dans la poche de ma veste, souffla-t-elle tout en appuyant un peu plus le canon sur la tempe d'Evgeny.

Collin s'exécuta puis recula. Il actionna le mécanisme d'ouverture de la porte grâce à une télécommande et invita Kira à le suivre. Elle lui emboîta le pas, tenant fermement son otage à sa merci. Et traversa la salle principale du HCC sous le regard médusé des opérateurs qui y travaillaient. Collin les précédait et facilitait leur passage en déverrouillant l'un après l'autre les accès. Et en ordonnant à intervalles régulier qu'aucun n'agent n'intervienne pour les stopper. Ainsi, ils parvinrent sans encombres à l'extérieur, où les attendait un air chaud et saturé en humidité, contraste saisissant avec la fraîcheur climatisée qui régnait dans le « Tunnel ». Kira repoussa son otage tout en le maintenant en joue.

– Grimpe ! ordonna-t-elle en lui indiquant la

pente qui entourait l'entrée du complexe souterrain.

Le Russe rechigna.

Elle tira à quelques centimètres de ses pieds.

Ce qui le motiva à obéir.

– Vous comptez aller où comme ça ? interrogea Collin en les regardant commencer à gravir la petite colline. Mon offre tient toujours. Il est encore temps, Kira.

Pour seule réponse, Collin obtint un majeur dressé. Bientôt, les silhouettes des deux fugitifs disparurent. Collin brailla alors une série d'ordres, mobilisant ses troupes et les lançant à la poursuite de la jeune femme. Parvenue en haut de la colline, une vision surréaliste s'offrit à cette dernière. Un vaste champs d'ananas s'étendait à perte de vue et recouvrait l'intégralité du HCC. Le point d'exfiltration prévu se trouvait à cinq cents mètres, droit devant.

– Par là, fit-elle.

– Tu ne t'en sortiras pas, souffla Evgeny.

– Ne t'inquiète pas pour moi et avance, sinon je t'explose la rotule.

L'otage comprit au ton de sa voix qu'elle ne plaisantait pas. Il se mit à avancer en petites foulées, ouvrant la course à travers deux immenses rangées de ce faux fruit qui avait fait la fortune des îles hawaïennes. Il planait dans l'air moite une fragrance sucrée qui contrastait avec l'acidité de la violence en train de se jouer. Consciente que le temps lui était compté, Kira fit accélérer Evgeny. Tous deux couraient désormais à un rythme soutenu. Soudain, un mur grillagé émergea de la nuit pour leur barrer la route.

– À gauche ! ordonna Kira.

– Deux secondes, réclama le Russe, à bout de souffle.

– À gauche, insista Kira.

Ils longèrent le grillage jusqu'à atteindre un portail rouillé qui le perçait.

– Stop, fit Kira en inspectant ce dernier.

Le cadenas qui le fermait avait été sectionné. Elle poussa le battant qui s'ouvrit dans un grincement métallique. De l'autre côté, à une vingtaine de mètres, elle distingua la Ford Crown Victoria de William, garée sous un palmier.

– C'est ça ton plan ? interrogea Evgeny. Nous échapper avec cette caisse pourrie !

– Toi, tu ne vas nulle part, répondit Kira en braquant le canon du pistolet sur le front du Russe.

L'homme sursauta et esquissa un mouvement de recul en lisant toute la haine contenue dans les yeux de Kira.

– Tu ne vas pas faire ça ?

– Je ne vais pas le faire pour moi... répondit calmement Kira.

La pulpe de son index caressait la queue de détente.

– Mais pour toutes tes victimes, espèce d'enfoiré, ajouta-t-elle en faisant feu.

La munition fusa du canon, perfora la boîte crânienne du Russe, emportant de la matière cérébrale avec elle, et percuta un pilier qui soutenait le grillage. Evgeny chancela, puis tomba comme une masse au milieu des ananas, dans un bruit étouffé. Kira ne s'appesantit pas et franchit le portail. Puis, elle s'élança en direction de la voiture, en courant à toute vitesse. Parvenue à sa hauteur, elle ouvrit la portière et s'installa sur le siège passager, arme au poing.

– C'était quoi cette putain de détonation ? demanda William.

– Roule, fit Kira.

– Où est Antonov ?

– Roule, répéta Kira.

– Tu l'as descendu ?

– Qu'est-ce que ça peut te faire ?

– Bon sang, je pensais que tu allais renoncer à ta justice sauvage, ragea William. Et que tu le ramènerais vivant... Je pensais que tu avais compris...

– Il faut savoir mettre ses couilles sur la table, rétorqua Kira en rangeant le pistolet dans la boîte à gants.

– Se comporter comme celui que tu combats n'est pas un gage d'intelligence, soupira le chauffeur en démarrant.

– Je n’ai pas besoin que tu me fasses la morale.

– J’essaye juste de me comporter comme un ami, rectifia William en appuyant sur la pédale d’accélération.

Les pneus de la voiture crissèrent sur le gravier de la chaussée.

La Ford s’élança dans un vrombissement de moteur.

– Et comment tu comptes te sortir de ce merdier, maintenant ?

Kira extirpa le disque RAID de la poche de sa veste.

– Avec ça, répondit-elle. Et le petit cadeau que j’ai laissé derrière moi...

*
**

Devant l’entrée du HCC, Collin tournait en rond et beuglait à intervalles réguliers dans son Smartphone ou dans le talkie-walkie que Britney lui avait apporté. Le complexe était en alerte maximum et il s’escrimait à coordonner les efforts pour stopper la fuite de Kira. Tout s’était passé très vite. La jeune femme avait mené une forme surprenante de *Blitzkrieg*[31] moderne. Il l’avait sous-estimée. Mais il se rassurait à l’idée que, sur une île, elle ne pourrait pas lui échapper facilement.

31. Guerre éclair.

– *On a retrouvé Antonov*, annonça une voix via le haut-parleur du Smartphone.

– Enfin une bonne nouvelle, souffla Collin.

– *Il est mort.*

– Mort ? fit Collin en serrant les dents.

– *Une balle dans la tête. On a retrouvé son corps de l'autre côté de la plantation.*

– Ramenez-le, ordonna Collin avant de raccrocher.

Il serra les poings de rage.

Elle n'avait jamais eu l'intention de prendre Evgeny en otage.

Elle l'avait berné.

– Britney ! appela Collin.

L'analyste, en retrait, avança jusqu'à sa hauteur.

– Britney, faites boucler l'aéroport et trouvez-moi Ryan.

– Bien, monsieur, acquiesça-t-elle avant de donner une série de coups de téléphone.

Collin s'apprêtait à regagner le « Tunnel » quand son Smartphone vibra. Il le colla à son oreille tout en continuant à marcher.

– *Monsieur, le serveur a été infecté par un* ransomware. *Ce dernier a chiffré et bloqué l'intégralité des fichiers et demande une rançon en échange d'une clé permettant de les déchiffrer.*

– Et quelle est la rançon demandée ? s'inquiéta Collin.

– *Un message est affiché sur tous les écrans : « Laissez-moi 48 heures. » On ne sait pas ce que cela signifie...*

– Nom de dieu, tonna Collin en devinant que Kira était responsable de ce nouveau coup de théâtre. Peut-on remédier à ce problème ?

– *L'algorithme de chiffrement de ce* malware *est robuste. Il nous faudra des semaines pour en venir à bout. Et encore, sans certitude de réussir...*

– Faites au mieux.

Collin remisa son Smartphone dans une poche intérieure de sa veste et resta un instant immobile. Kira l'avait baisé jusqu'à l'os. Son plan était imparable jusque dans son épilogue. En prenant le serveur du HCC en otage, elle s'était aménagée une porte de sortie. Elle pourrait s'envoler avec le premier avion, quitter Hawaii et disparaître dans la nature sans être inquiétée. Qui plus est, avec suffisamment de données pour faire fermer l'office des TAO et mettre fin à sa carrière. Collin savait reconnaître ses erreurs. Ce soir, il avait manifestement commis la plus grave de sa vie et perdu sur tous les tableaux. Mais demain, il riposterait. Car s'il savait accepter la défaite, il ne renonçait jamais à mener la guerre. Il reprit son Smartphone en main et choisit un numéro préenregistré.

– C'est Collin, annonça-t-il à son interlocuteur.

– *J'écoute, monsieur.*

– C'est au sujet de Kira Bolan.

– *Nous ne l'avons toujours pas trouvée, monsieur.*

– Elle va prendre un vol pour Los Angeles dans les huit heures à venir. Pistez-la. Et faites-la disparaître à la première occasion.

– *Bien reçu, monsieur.*

– Ryan, une dernière chose : que sa mort ressemble à un accident.

⁂

William se gara dans le parking de l'aéroport d'Honolulu. Un silence pesant envahit alors l'habitacle. Ni lui, ni Kira ne semblaient en mesure d'exprimer quoi que ce soit de cohérent. Un sentiment étrange les étreignait, comme si c'était la dernière fois qu'ils se voyaient. Comme s'ils étaient dans l'obligation de se faire leurs adieux.

– Tout ce que tu m'as demandé est dans le coffre, finit par dire William.

– Merci, répondit Kira sans trop oser le regarder.

– Tu vas faire quoi ?

– Honorer un rendez-vous.

– Avec ton ancien employeur ?

Kira hocha la tête.

– Ça va aller ?

– Le contenu du disque les intéressera certainement. Ce ne sera sans doute pas suffisant pour m'acquitter de ma dette. Mais j'improviserai.

– Tu ne m'expliqueras pas ce que tu as découvert là-bas ?

– Tu ne veux pas savoir, répondit Kira. Personne ne veut savoir...

– Tu devrais avoir un peu plus confiance en tes semblables.

– J'y penserai. Promis.

– Tu devrais avoir un peu plus confiance en moi...

– Je n'ai confiance en personne. Ce n'est pas lié à toi. C'est comme ça et je n'y peux rien pour l'instant. Peut-être qu'avec le temps...

William voulut poser sa main sur celle de Kira qui traînait sur l'accoudoir du siège passager. Sans confusion, mais en simple témoignage de la sincère affection qu'il éprouvait à son égard. *Too much*, pensa-t-il en renonçant à ce geste.

– Will, je voulais m'excuser, bredouilla Kira en affrontant enfin pleinement le regard du lieutenant du CID.

– De quoi ?

– Je n'ai pas trouvé d'informations sur les responsables de la mort de Chiyo...

– Tu as fait ce que tu as pu.

– J'aurais tellement voulu faire plus.

– Tu t'accordes trop d'importance, Kira. Ce n'est pas grave tout ça. Ni toi, ni moi n'y pouvons rien.

Je crois que je dois apprendre à vivre avec cette merde. Et tu devrais en faire autant.

William avait touché juste, aussi Kira ne renchérit pas. Elle sortit de la voiture, ouvrit le coffre et en sortit un sac à dos. William y avait rangé le contenu d'un colis livré à son appartement, il ne savait comment, par Arkangel pendant que Kira s'était absentée pour se « divertir ». Elle en checka rapidement le contenu. Il y avait un passeport, des vêtements, du cash, plusieurs cartes de crédit, un billet d'avion aller simple pour Los Angeles et un Smartphone. Elle s'empara des vêtements avec l'intention de se changer sur le parking. William la regarda faire dans le rétroviseur. Elle abandonna son tailleur pour un pantalon de jogging et un sweat-shirt coordonné, puis elle s'éloigna. Il se passa quelques secondes avant qu'il ne se décide à sortir en la hélant.

– Attends !

Kira se retourna et aperçut derrière William les phares d'un 4 × 4 lancé à pleine vitesse. Elle voulut crier, mais trop tard. Le corps de William se souleva dans les airs, passa par dessus le véhicule tout-terrain en rebondissant sur son toit et retomba sur le bitume où il roula jusqu'à heurter un pilier. Dans un réflexe instinctif, Kira se jeta sur le côté, entre deux voitures garées et évita de justesse le 4 × 4 qui, après avoir percuté William, semblait vouloir faire de même avec elle. Kira se ressaisit et courut vers la sortie du parking, où l'attendait Ryan. Ce dernier braqua un pistolet dans sa direction. Elle jeta alors son sac à dos de toutes ses forces vers le Delta. Celui-ci, déstabilisé par le choc, lâcha son arme. Kira s'élança, le percuta à pleine vitesse et le fit tomber, ramassa son sac et fila dans la cage d'escalier en direction du hall des départs de l'aéroport. Elle déboula à bout de souffle au niveau des enregistrements. Elle jeta un regard derrière elle et aperçut l'homme qu'elle avait bousculé accompagné de deux autres. Elle s'empressa de procéder au check-in auprès d'un agent d'escale et se dirigea vers la zone d'embarquement. Ryan finit par l'apercevoir. Lui et ses équipiers accélérèrent le pas dans l'espoir de la rattraper. Mais Kira atteignit le périmètre de sécurité avant eux. Elle montra son billet et son passeport à un personnel au sol qui la dirigea vers les points de contrôle sous le regard impuissant des trois opérateurs Delta. Ceux-ci, constatant leur échec provisoire, se replièrent.

En attendant de passer le contrôle de sécurité dans une petite file de touristes néo-zélandais, Kira pensa à William. Des fragments d'images, des bribes de conversation parasitèrent alors son esprit. Quand vint son tour, elle posa mécaniquement son sac à dos sur un tapis roulant et le regarda disparaître dans les entrailles d'un scanner. On lui demanda d'enlever ses baskets. Elle s'exécuta comme un zombie, plaça les chaussures dans une barquette prévue à cet effet et fit subir à cette dernière le même sort que celui réservé à son sac à dos. Puis, elle passa enfin le portique détecteur de métaux sous le regard d'un agent de sécurité qui ne trouva rien à redire.

De l'autre côté seulement, elle pleura.

Quelques larmes, qu'elle sécha aussitôt avec le revers de la manche de son sweat-shirt. Et avec toute la sécheresse d'un cœur ravagé par la tristesse.

CHAPITRE XXI

Sous un soleil cuisant, Kira progressait sur un sentier escarpé qui serpentait sur le versant ouest d'une imposante colline dominant le Pacifique. En bas, la California State Route 1 longeait les plages et les superbes villas pieds dans l'eau de Malibu. Les sangles de son sac à dos frottaient ses épaules à les brûler et, surtout, le poids de sa charge menaçait constamment de la déséquilibrer. Elle redoubla donc d'efforts et d'attention.

Après un bon quart d'heure d'ascension, elle parvint enfin sur une étroite plate-forme rocheuse qui offrait un panorama à couper le souffle. Elle s'assit et but au goulot d'une gourde quelques gorgées d'une boisson énergétique. Puis elle consulta l'Apple Watch qu'elle s'était achetée à Los Angeles.

Il lui restait dix minutes.

Timing parfait, songea-t-elle en déposant son sac à dos entre ses jambes.

Elle l'ouvrit et en extirpa un drone de loisirs et

sa télécommande, qu'elle posa à côté d'elle. Elle connecta ensuite à la télécommande une tablette numérique et la fixa sur le support dédié. Elle fouilla de nouveau dans son sac à dos et en retira une charge d'explosif C-4 miniaturisée, qu'elle accrocha sur le dos du drone avec de l'adhésif, en prenant soin de bien la centrer afin de ne pas déstabiliser l'engin en vol.

Télécommande calée sur les cuisses, elle checka le logiciel de navigation et alluma le drone qui émit une série de petits bruits aigus tandis que des LEDs situées sous ses hélices clignotaient. Elle attendit que leur couleur passe au vert, paramétra l'option de streaming et attendit quelques secondes supplémentaires afin que l'appareil localise suffisamment de satellites GPS pour être prêt à voler.

Un nouveau coup d'œil à sa montre connectée lui indiqua qu'il était temps de décoller.

Elle poussa l'un des leviers de la télécommande vers le haut et le drone s'éleva dans un bourdonnement strident. Il monta rapidement dans l'air chaud. Les conditions étaient optimales : pas de vent, aucun nuage qui risque de brouiller les signaux GPS nécessaires à la stabilisation de l'appareil.

Kira fixait désormais l'écran de la tablette surmontée d'un cache-soleil noir. Elle voyait en direct et sans latence ce que le drone voyait. Elle s'éleva jusqu'à un plafond de cent mètres et se positionna au-dessus de la route. La caméra, en mode zénithal, renvoyait une image en haute définition de la circulation.

Après avoir contrôlé une nouvelle fois l'heure, elle fit descendre le drone à une altitude de vingt-cinq mètres. Elle redressa la caméra et scruta les véhicules qui venaient dans sa direction. Elle repéra soudain une Chrysler C300 blanche. Elle estima sa vitesse, procéda à un rapide calcul mental et fit descendre le drone de quelques mètres supplémentaires. La caméra lui renvoya l'image du conducteur et de deux passagers installés à l'arrière. Aucun doute, l'homme au volant était bien celui qu'elle attendait.

Elle patienta encore une poignée de secondes, puis laissa chuter le drone qui percuta le toit de la Chrysler dans une violente détonation. Sous la violence de l'explosion du C-4, le véhicule quitta sa trajectoire, enfonça une rambarde de sécurité et percuta violemment un affleurement rocheux. Sa course s'acheva dans une seconde explosion qui le souleva de quelques centimètres avant de le laisser lourdement retomber. Les flammes achevèrent le travail en dévorant avec opiniâtreté ce qu'il restait de la carcasse.

Kira s'empara de jumelles et contrôla que personne n'en avait réchappé. Elle distingua quelques voitures arrêtées à proximité du lieu de ce qui s'apparentait à un accident de la route. Certains conducteurs, Smartphone en main, appelaient vraisemblablement les secours. Il s'agissait de ne pas s'éterniser.

Elle ferma son sac à dos, le harnacha sur ses épaules meurtries et grimpa jusqu'au sommet de la petite montagne. Là, elle redescendit en courant l'autre versant et retrouva son Jeep Compass de location, garé sur un parking à l'entrée d'un parc national.

Elle jeta le sac à dos à l'arrière et grimpa sur le siège conducteur où elle poussa un soupir de soulagement. Puis, elle s'empara de son Smartphone et consulta ses SMS.

⁂

Au milieu du cimetière de Lihue, William, un bras plâtré en écharpe et le visage tuméfié, se recueillait sur la tombe de son épouse. Il essaya de formuler quelques mots. Ses lèvres gercées tremblèrent mais rien ne réussit à s'en échapper.

Il repensa alors à ces derniers jours, qui l'avaient conduit aux portes de la mort. Percuté par le 4 × 4 dans le parking, il avait cru sa dernière heure arrivée, avant de sombrer dans les limbes d'un coma profond. Il s'était réveillé, des jours plus tard, dans une chambre d'hôpital d'Honolulu où un médecin avait utilisé le mot « miracle », tant son corps avait réussi à encaisser l'incroyable violence du choc sans trop de casse.

À sa sortie, il avait décidé deux choses. Prévenir Kira de son retour parmi les vivants par tous les moyens. Couler sa convalescence sur Kauai afin d'entreprendre les premières démarches nécessaires à la reconstruction de l'hôtel. C'était cette dernière nouvelle qu'il avait en vain tenté d'exprimer à voix haute à l'adresse du fantôme de Chiyo.

Soudain, une vibration lui rappela l'existence de son Smartphone. Il l'extirpa avec difficulté d'une poche de pantalon trop serrée et constata qu'il avait reçu un étrange message de la part d'une certaine Xéna. Celle-ci lui demandait de se connecter à un flux de streaming via un lien joint. Il se souvint que Xéna était l'un des pseudonymes de Kira et accéda donc à la requête en cliquant sur le lien.

Une vidéo envahit alors toute la surface de l'écran.

Au début, le live lui laissa apercevoir un bout d'océan puis la circulation erratique sur un axe côtier. Il comprit rapidement que ces spectaculaires images aériennes étaient filmées par un drone. Il s'en amusa, oubliant quelques instants son chagrin et son incapacité à faire le deuil de son épouse.

Brusquement, tout s'accéléra. Un zoom violent lui laissa entrevoir le visage d'un homme au volant d'une Chrysler 300 blanche. La vue de ce visage, bien que fugace et légèrement pixellisée, lui rappela celle de l'un des individus qu'il avait croisés en découvrant l'incendie de l'hôtel.

Il saisit alors, horrifié, tout l'enjeu de la scène à laquelle il assistait en direct. Il voulut interrompre la diffusion, mais ses mains étaient comme paralysées. Il voulut détourner le regard, mais ses yeux refusèrent de lui obéir.

Il resta donc scotché au petit écran, jusqu'à ce que la caméra du drone percute le véhicule dans une explosion de pixels et de grésillements. Il n'assista pas au dénouement puisque la caméra et le drone venaient de se crasher, mais son imagination prit le relais. Kira avait retrouvé les hommes responsables de la mort de Chiyo.

Et elle les avait punis.

À sa manière, radicale et expéditive.

William réprima un frisson, partagé entre soulagement et dégoût. Soulagement de savoir sa femme vengée. Dégoût d'avoir laissé Kira faire le sale boulot. Elle ne pouvait pas indéfiniment endosser toute la lâcheté de ce monde. Il aurait dû prendre ses responsabilités, faire confiance à cette police qu'il servait et mettre en branle la machine judiciaire. Mais inconsciemment, il avait préféré s'en abstenir et laisser Kira régler les comptes à sa place.

Pris d'un violent accès de nausée, il vomit de

côté et s'essuya la bouche avec un mouchoir en papier chiffonné.

Il écrivit un SMS laconique, hésita à l'envoyer puis s'y résolut. Il effaça ensuite le numéro qu'elle lui avait communiqué quand elle avait appris qu'il avait survécu.

Il l'effaça comme on efface un souvenir. Sans certitude aucune que cela serve à quelque chose, mais avec celle que c'était la dernière fois qu'il s'adressait à Kira. Il n'avait plus rien à lui dire, tant l'essentiel était contenu dans cet ultime message.

*
**

Au cœur du HCC, assis dans la salle de crise, Collin Prat attendait le verdict de l'administration réseau que devait lui apporter son assistante, chargée de lire le fil news de CNN sur une tablette numérique.

L'actualité du jour était problématique. Le président venait de limoger son chef de cabinet. Sa réforme du système de santé avait échoué lamentablement au Sénat. Et ce dernier venait de voter le renforcement des sanctions à l'égard de la Russie...

La situation devenait hors de contrôle. Collin redoutait qu'elle ne dégénère rapidement en un gigantesque chaos politique.

En plus de ces mauvais signaux la quasi totalité

de ses équipes techniques tentait, depuis presque une dizaine de jours, de décrypter le *ransomware* implanté par Kira dans le serveur central. Mais malgré leurs efforts, l'intégralité des fichiers restait codée et inaccessible. Ce qui paralysait l'opération Trust, bien plus que la mort d'Antonov, qu'avec le recul, Collin avait vécu comme une délivrance...

En réalité, le constat était d'une simplicité confondante : le HCC était à l'arrêt et dans l'incapacité totale de remplir ses missions. Quand Britney entra, Collin caressa l'espoir qu'elle apportait avec elle un minimum de bonnes nouvelles.

– Alors ? interrogea-t-il en reposant sa tablette.

– Le *malware* a désactivé la fonction de restauration du système, supprimé les sauvegardes et il empêche toute utilisation d'un assistant de réparation, annonça l'analyste.

– Ça, je le sais déjà. Du neuf ?

– Le serveur est foutu, résuma Britney d'une voix fatiguée.

Le visage de Collin se décomposa.

Il s'y attendait, mais il n'avait cessé de croire ces derniers jours en un miracle informatique. Qui s'était produit plus d'une fois dans sa carrière. Las, le dernier domino venait de tomber et le circuit qu'il dessinait ressemblait à un échec cuisant.

– Bon sang, elle nous a demandé quarante-huit heures. Et aujourd'hui, elle est libre comme le vent et on ne sait où dans la nature. Alors pourquoi cette Kira ne nous a-t-elle pas livré la clé ?

– Peut-être parce qu'elle n'en a jamais eu l'intention, proposa Britney.

Collin grimaça à cette idée et songea qu'il n'y avait finalement qu'une femme pour comprendre une femme.

– Elle n'a pas pu mener cette opération toute seule. Pour qui bosse-t-elle ? Les Chinois ? Le bureau 121[32] des Nord-Coréens ? Les Iraniens ? La SEA[33] de Bachar el-Assad ?

– Nous travaillons sur quelques pistes, se contenta de répondre Britney avec une prudence circonstanciée. Même celle d'une louve solitaire qui agirait en dehors de toute structure de commandement...

– Force est de constater qu'elle nous a baisés jusqu'à la garde, s'agaça Collin avec une trivialité dont il n'était pas coutumier. Mais je ne m'avoue pas vaincu pour autant. Je veux qu'on concentre notre attention sur elle.

– Bien, monsieur.

– Elle a cru intelligent de donner un coup de pied dans la fourmilière, montrons-lui ce qu'une colonie de fourmis enragées peut faire ! Ça prendra six mois, un an, ou dix ans, mais j'aurai sa tête sur un piquet, expliqua Collin sur un ton glaçant. Quitte

32. Unité secrète spécialisée dans la cyberguerre.
33. *Syrian Electronic Army.*

à me mettre son « père » sur le dos...

– Monsieur, quelles sont vos instructions pour l'opération en cours ? demanda Britney en se demandant de quoi un « père » pouvait se montrer capable si on menaçait sa « fille ».

Collin consulta son Smartphone et esquissa un sourire satisfait.

– Formatez le serveur et rassemblez les chefs de groupes pour une réunion dans une heure. Le remplaçant d'Antonov vient d'atterrir.

*
**

Kira fixait la bulle verte contenant le SMS laconique qu'elle venait de recevoir. Il émanait d'un revenant dont elle n'avait appris que tardivement la « résurrection ». D'un homme qu'elle avait cru mort durant presque une semaine avant qu'Arkangel ne lui apprenne que William avait survécu à l'accident de l'aéroport d'Honolulu et qu'il cherchait à la joindre.

C'était également Arkangel qui lui avait livré l'identité des trois opérateurs Delta responsables de l'incendie de l'hôtel de Chiyo, de la tentative d'assassinat sur Kira à la sortie du magasin d'électronique et de celle du parking. Elle les avait pistés, placés sur écoute et, finalement, avait organisé une embuscade pour les éliminer.

Mais surtout, Kira leur avait laissé croire jusqu'au bout qu'ils la traquaient et qu'en bons chasseurs, ils menaient la danse. Ryan et ses hommes avaient oublié que, pour le lapin, un bon chasseur est avant tout un chasseur mort. Ne restait plus désormais qu'à éliminer celui qui avait donné aux Deltas un permis de tuer. Et l'heure de Collin Pratt sonnerait bientôt à l'horloge de la vengeance.

« *Ho'oponopono.* »

Le mot flottait dans le regard bleu acier de Kira. Elle répondit à ce SMS par des coordonnées GPS. Celles-ci correspondaient à l'emplacement du cadavre de Kathy, la première victime hawaïenne d'Antonov. Elle aurait aimé disposer de l'intégralité des informations concernant les lieux où se trouvaient les cadavres de toutes les filles qu'avait massacrées le Russe nécrophile. Et pouvoir ainsi consoler leurs familles, leur permettre d'enterrer leur enfant...

La soif de justice de Kira était inextinguible. Aujourd'hui, elle était consciente que cela représentait un sérieux problème et avait décidé d'en parler à son psy.

Le plus rapidement possible. Sur cette bonne résolution, elle démarra et quitta le parking en songeant à Arkangel. L'organisation lui avait fourni jusque-là tout ce qu'elle avait demandé, sans broncher. Mais quand elle avait remis le disque RAID subtilisé au HCC à l'un de leurs représentants à Los Angeles, ce dernier lui avait détaillé les conditions liées aux différentes requêtes auxquelles l'organisation s'était appliquée à répondre. Il lui restait donc une promesse à honorer. Pour cela, elle devait rallier l'Europe dans les meilleurs délais. Et surtout apprendre à vivre avec toute cette merde...

MAIS LE COMBAT DE KIRA CONTINUE…

Le ciel était bouché par de gros nuages boursouflés qui mitraillaient un mauvais crachin sur la ville. Cette bruine froide martelait le visage laiteux de Kira, pourtant protégé par la capuche d'un coupe-vent gris de marque North Face.

Sac sur le dos, elle marchait dans la grisaille morose d'une matinée qu'elle avait qualifiée de pourrie, évitant les flaques qui se formaient sur les trottoirs. Elle se trouvait dans le quartier des diamantaires de la ville d'Anvers, près de la gare centrale. Une ville dont elle n'avait pas vraiment eu le temps de profiter depuis son atterrissage à l'aéroport international d'Anvers-Deurne. À peine si elle avait pu apercevoir la flèche de la cathédrale Notre-Dame et un bout de la Boerentoren, la tour des paysans, un gratte-ciel de presque cent mètres de haut. Bref, rien qui n'infirme le sentiment qui l'avait envahie dès sa descente du taxi qui l'avait conduite de l'aéroport jusqu'à l'hôtel Radisson Blu Astrid.

Anvers, ça craignait.

Tout en cheminant, elle se remémora les quelques informations glanées sur le Net la veille au soir. Chaque jour, les rues austères du *one square mile* voyaient passer cinq cent mille carats, transportés discrètement dans de petites serviettes noires par des hommes soucieux de discrétion.

Ce microcosme flamand fournissait la moitié de l'approvisionnement mondial en diamants taillés et 85 % du brut. Il constituait une plaque tournante où le secret et la confidentialité étaient toujours de mise, malgré le scandale des « diamants de sang » pendant la guerre civile du Sierra Leone. Un scandale qui avait mis au jour le commerce africain de pierres extraites de mines localisées dans des zones de conflits, vendues en toute illégalité et clandestinité afin de fournir en armes les groupes qui les exploitaient.

Les diamants étaient certainement en lien avec la tâche qu'elle s'apprêtait à accomplir. Mais pour une fois, Kira n'avait pas eu besoin de creuser plus que de raison le background de sa cible. Le raid lui avait été livré clés en main.

Parvenue à un carrefour, Kira bifurqua dans Hoveniersstraat, la rue principale. Elle croisa quelques touristes, reconnaissables à leurs parapluies siglés du logo d'un grand hôtel local. Et plusieurs Juifs orthodoxes portant la kipa. Soudain, elle avisa deux camions militaires qui stationnaient devant sa destination : un immeuble, propriété du conglomérat sud-africain De Beers, l'un des poids lourds mondiaux du secteur diamantaire. Depuis 2014 et la première attaque terroriste à Bruxelles qui avait fait quatre victimes dans le musée juif, et celui de l'aéroport en 2016, la sécurité n'avait cessé d'être renforcée en Belgique.

Elle ne se laissa donc pas impressionner et s'attaqua à la deuxième phase de son plan. Elle emprunta une galerie sombre où s'entassaient de petites bijouteries et quelques restaurants, se glissa par une porte de service et se retrouva dans la cage d'un escalier de secours appartenant à l'immeuble qui faisait face à celui de la De Beers. Elle grimpa rapidement plusieurs volées de marches, jusqu'au dernier étage.

Là, elle reprit son souffle, s'empara d'une pince coupante qui reposait dans son sac à dos et sectionna le cadenas qui condamnait l'accès au toit. Elle gravit un dernier escalier métallique en colimaçon et déboucha au dehors. La fine pluie tombait toujours et elle eut l'impression que la température avait encore baissé.

Elle réprima un frisson, ferma son coupe-vent jusqu'au col et se dirigea vers le bord du toit qui donnait sur Hoveniersstraat. Là, elle vérifia l'angle de tir, corrigea sa position de trente centimètres sur la droite à cause du vent, posa son sac à dos devant elle et s'agenouilla. Elle en sortit plusieurs éléments qu'elle disposa sur le large rebord cimenté d'une margelle. Puis, elle se mit à les assembler avec une incroyable dextérité. À la fin, elle obtint un fusil de précision Hecate II calibre 50 BMG qu'elle posa sur un bipied pendulaire avant d'y fixer une LTE[34] J10 modèle F1 de grossissement 10 x 40 mm fabriquée par la société française Scrome.

Sans attendre, elle déroula un tapis imperméable et s'allongea dessus à plat-ventre, riva son œil dans celui de la lunette et cala la béquille de crosse en polymère contre son épaule. Via la lunette, elle observa l'agitation qui régnait dans ce qui ressemblait à une salle de réunion en vis-à-vis.

Elle chercha sa cible et ne tarda pas à la trouver en la personne d'une femme âgée d'une quarantaine d'années au visage sévère et aux cheveux gris coupés court. Elle paraissait énervée et Kira devina à ses mimiques qu'elle était en train d'invectiver un aréopage d'hommes en costume-cravate. La pulpe de son index effleura la queue de détente.

Elle aligna la mire sur le cœur de sa cible et inspira profondément. Mais, alors qu'elle s'apprêtait à faire feu, un petit garçon apparut dans sa fenêtre de tir.

34. Lunette de Tireur d'Élite.

Merde, pensa-t-elle tout en maintenant sa concentration. *C'est quoi ce bordel ? Arkangel m'a envoyée flinguer une mère de famille ?*

Impossible, conclut-elle rapidement. Arkangel n'était peut-être pas totalement clean sur ses agissements, mais jamais un de ses membres n'aurait ordonné l'exécution d'une innocente. Si cette femme devait être éliminée, c'était parce qu'elle était une prédatrice de la pire espèce.

Kira cligna des paupières et observa une nouvelle fois la scène. L'enfant occultait maintenant son axe et risquait d'être touché si elle maintenait son intention de tir. Kira refusa de prendre un tel risque et décida d'attendre qu'il s'écarte, voire qu'il quitte la pièce. Mais la femme, qui devait être sa mère, semblait l'encourager à rester. Et s'amusait de sa présence.

Allez, pousse-toi, petit gars.

Kira savait que le temps jouait contre les snipers. Si un tireur d'élite attendait trop, il risquait de se faire repérer. De plus, son rythme cardiaque finissait par s'accélérer sous le coup du stress et diminuait d'autant le degré de précision. Parfois jusqu'à lui faire rater sa cible...

Enfin, le gamin fit mine de s'éloigner. Il embrassa la femme sur la joue et recula. Kira réajusta sa visée et pressa fermement la queue de détente.

Maintenant...

La munition de calibre 12,7 mm fusa du canon. Le frein de bouche à inverseur de flux réduisit de moitié le recul, épargnant à l'épaule de Kira une moitié de douleur supplémentaire. Mais alors qu'elle s'attendait à valider l'impact, une violente explosion souffla tout l'étage de l'immeuble, propulsant vers Kira une myriade d'éclats de verre. Puis une vague d'air chaud vaporisa le crachin. L'enfer était déchaîné et libérait le chaos.

Instinctivement, Kira se protégea la tête avec les bras. Elle sentit des débris lui tomber sur le dos et rebondir sur le sol. Elle attendit une bonne minute dans cette position, puis releva doucement la tête pour analyser la situation. Devant elle, un trou béant et fumant remplaçait désormais la salle de réunion. Il planait dans l'air une odeur âcre et Kira ne put se retenir de tousser.

Sonnée, elle rassembla ses idées et essaya de redéployer un minimum de stratégie. Elle était venue pour honorer la promesse faite à Arkangel en échange de leurs services dans l'affaire hawaïenne qui avait quelque peu perturbé ses vacances. Une promesse en forme de contrat. À son arrivée en Belgique, elle avait trouvé dans la suite de son hôtel une enveloppe contenant les informations relatives à la cible qu'elle devait neutraliser : une photo, une adresse et une date précisant un créneau horaire.

Kira avait connu des raids plus compliqués.

Celui-ci devait être une partie de plaisir. Et pourtant, tout était en train de partir en live. D'abord ce gamin surgi de nulle part, puis cette explosion...

Fuck, fuck, fuck, se répéta-t-elle mentalement.

Tandis que le crachin était en train de se transformer en pluie battante et que les premières sirènes commençaient à hurler dans les rues d'Anvers, Kira se releva péniblement, décida d'abandonner son matériel en lieu et place et se dirigea vers l'édicule qui protégeait l'escalier en colimaçon.

À mi-chemin, sa tête se mit subitement à tourner. Prise de vertige, elle s'immobilisa. Et mit sur le compte des fumées dégagées par l'explosion cette gêne passagère. Elle toussa et expectora une salive grisâtre qu'elle cracha. À ce moment précis, deux silhouettes déboulèrent sur le toit en hurlant.

– Police ! lança l'une d'entre elles.

– Mains en l'air ! intima l'autre, une arme braquée sur Kira.

La vision brouillée et les sens altérés, celle-ci décida de se rendre sans résister ni rien tenter. Elle leva les bras et se laissa menotter.

Au catalogue des éditions
LES SATURNALES

Mis en pages par Otago

Imprimé en France par Maury Imprimeur
à Malesherbes (Loiret)
en février 2018

N° d'impression : 224014
Dépôt légal : mars 2018